倡导诗意健康人生
为诗的纯粹而努力

阎 志
主 编

2017年民刊诗选
中国诗歌
【第96卷】

2017 12

主　　编：阎　志
常务副主编：谢克强
副　主　编：邹建军

编委（以姓氏笔画为序）：
田　禾　叶延滨　李　瑛
祁　人　吴思敬　杨　克
张清华　邹建军　陆　健
林　莽　路　也　阎　志
屠　岸　谢　冕　谢克强

发稿编辑：刘　蔚　熊　曼　朱　妍
　　　　　李亚飞
美术编辑：叶芹云

编辑：《中国诗歌》编辑部
地址：武汉市盘龙城经济开发区
　　　第一企业社区卓尔大厦
邮编：430312
电话：（027）61882316
传真：（027）61882316
投稿信箱：zallsg@163.com

目　录 CONTENTS

4-7	第三届武汉诗歌节暨香港国际诗歌之夜（武汉站）	
4	听，诗歌的声音	李亚飞
8-15		屠岸纪念特辑
9	中国当代杰出诗人、资深翻译家、人民文学出版社原总编辑、《中国诗歌》编委屠岸去世	
10	屠岸先生生平简介	
12	屠岸："深秋有如初春"	黄尚恩　从子钰
16-27		头条诗人
17	春日（组诗）	聂　权
27	机器诗人及其他	聂　权
28-58		特别推荐

29　《诗同仁》诗选
　　康雪　霜白　城西　徐立峰
　　严彬　一江　汪诚　张小美
　　窗户　夏杰
32　《简》诗选
　　宇剑　黄玲君　敬丹樱
　　记得　张洁　吕小春秋
　　卞云飞　徐天伦　赵家利
35　《卡丘》诗选
　　黄明祥　杨政　周瑟瑟
　　李成恩　林忠成　吴晓
38　《圭臬》诗选
　　易杉　黄啸　钱旭君
　　李龙炳　张凤霞
41　《37℃诗刊》诗选
　　帕男　蓝雪儿　普蓝依
　　冰灵　楚小乔　千里孤岸
44　《未然》诗选

　　田晓隐　张洁　赵庆文
　　胡从华　刘晓蓓　李默
　　陌峪
47　《佛顶山》诗选
　　陈德根　张伟锋　安然
　　弦河　何永飞　李博文
　　非飞马
50　《十一月》诗选
　　索耳　伯竑桥　姜巫
　　上河　火棠　午言　息为
　　颜雯迪　张伟
53　《青未了》诗选
　　木鱼　孙念　李晓　杜仲
　　王冬　赵燕磊　柒叁
　　吴猛
56　《湖南诗人》诗选
　　洛夫　罗鹿鸣　胡丘陵
　　陈群洲　李镇东　李霞

59-138		民刊诗选
60	《几江》诗选	
61	《三棵树》诗选	
63	《大瞳》诗选	
64	《中国魂》诗选	

65	《元素》诗选	105	《诗东方》诗选
67	《分界线》诗选	106	《诗洞庭》诗选
68	《太白诗刊》诗选	107	《客家诗人》诗选
70	《火种诗刊》诗选	109	《屏风诗刊》诗选
72	《长江诗歌》诗选	111	《草叶诗人》诗选
73	《凤凰》诗选	112	《钟声》诗选
75	《北湖》诗选	113	《原点》诗选
77	《北京诗人》诗选	114	《桃花源诗季》诗选
78	《左诗》诗选	116	《浙江诗人》诗选
81	《打工诗人》诗选	118	《海子诗刊》诗选
83	《白天鹅诗刊》诗选	120	《海岸线》诗选
84	《光线诗刊》诗选	121	《途中》诗选
86	《先锋诗报》诗选	123	《商洛诗歌》诗选
88	《关东诗人》诗选	124	《第三说》诗选
90	《军山湖》诗选	126	《麻雀》诗选
92	《西府诗文选》诗选	128	《湍流》诗选
93	《轨道》诗选	130	《鲁西诗人》诗选
95	《阳城诗歌》诗选	131	《群岛》诗选
96	《陆诗歌》诗选	133	《蓝鲨》诗选
98	《国·鼎文学》诗选	135	《蓼风》诗选
99	《抵达》诗选	136	《赣西文学》诗选
101	《杯水》诗选	137	《0596 诗刊》诗选
102	《诗行》诗选	138	《67 度》诗选

139-154　　特别纪念

邹荻帆纪念特辑·纪念邹荻帆先生百年诞辰

140	亲和诲我是恩师	刘益善
143	赤子之心：邹荻帆与他的诗	王泽龙
146	一个黑暗时代的灰色记忆：再读邹荻帆早期	
	诗集《木厂》	邹建军

余光中纪念特辑

149	桂子山上怀诗魂	江少川
152	永远的乡愁，伟大的灵魂	邹惟山　屈伶萤

155-156　　故缘夜话

155	向诗意致敬	李亚飞

封底——《诗书画》·**伍立杨书画作品选**

本期插图选自 Jan Frans van Bloemen 作品

图书在版编目（CIP）数据

2017 年民刊诗选 / 聂权等著.-北京：人民文学出版社，2017（中国诗歌 / 阎志主编）
ISBN 978-7-02-013646-9

Ⅰ.①2… Ⅱ.①聂… Ⅲ.①诗集-中国-当代
Ⅳ.①I 227

中国版本图书馆 CIP 数据核字（2017）第 328698 号

责任编辑：王清平
装帧设计：叶芹云
责任校对：王清平

人民文学出版社有限公司出版
http://www.rw-cn.com
北京市朝内大街 166 号　邮编：100705
武汉新鸿业印务有限公司印刷　新华书店经销
字数 210 千字　开本 850×1168 毫米 1/16　印张 9.75
2017 年 12 月北京第 1 版　2017 年 12 月第 1 次印刷
ISBN 978-7-02-013646-9
定价 10.00 元

如有印装质量问题，请与本社图书销售中心调换。电话：01065233595

听，诗歌的声音
——第三届武汉诗歌节暨香港国际诗歌之夜（武汉站）侧记

□李亚飞

江城暮秋，梅花玉笛。白云黄鹤，千载知音。汉水悠远，诗风绵延。

为继承诗歌传统，传播诗歌文化，倡导"诗生活"，营造"诗城市"，从2015年，到2016年，到2017年……来自世界各地的诗人齐聚江城武汉，共赴一场丰富而纯粹的诗歌盛宴。

第三届武汉诗歌节由卓尔书店、《中国诗歌》编辑部、香港国际诗歌之夜联手举办。本届诗歌节首次引入香港国际诗歌之夜，邀请海内外诗人展开中国新诗与世界诗坛的对话，由此赋予了这个节日更多思辨深度及国际化色彩。

高歌曼舞　雅音袅袅

晚秋时节，卓尔书店，月照庭院，柔曼如水。

11月27日晚，诗漫江城·第三届武汉诗歌节暨香港国际诗歌之夜（武汉站）音乐会在卓尔书店庭院开幕，中外诗人同台演出，奉献出一场诗情画意、赏心悦目的国际诗歌文化盛宴。

诗是人类最美好、最相同的语言。婉转悠扬的配乐诗《再别康桥》，在中英文双语朗诵下诗意隽永，如梦如幻；深挚的母爱、晶莹的童心跨越国界，永远是诗歌共同的主题，伴随着轻盈的现代舞，冰心诗作《纸船》让观众温暖沉醉；诗配舞《雨巷》带着观众一起来到烟雨迷离的江南，感受古典的意境，走向悠长悠长的雨巷；情景诗朗诵《乡愁》，让每个人都回到自己梦中的故乡，它是那么美丽，那么令人怅惘，使我们想起许多温暖的往事，许多人生的沧桑……

作品甚丰、颇有影响的国际诗人也纷纷亮相，在文字和声音中展现诗歌的力量。俄罗斯诗人德米特里·维杰尼亚宾朗诵他的诗作《重读小熊维尼历险记》；英国诗人乔治·泽提斯带来对水的思辨和咏叹——《水》；波兰女诗人悠莉亚·费多奇克风姿绰约，带来了女神范儿的《永无止息的渴望》；葡萄牙诗人努诺·朱迪斯带来了诗作《蓝之配方》，让我们不禁感叹诗歌的配方是如此神奇，可仿制蓝天，可创造世界；来自草原的蒙古诗人森·哈达把好诗比成了一匹马，朗诵《一匹马和一首诗》；我国当代著名诗人吉狄马加，他的诗作富有鲜明的民族色彩，又充满浓郁的人生况味，此次他在舞台上带来了饱含深情和哲思的诗作——《诗人的结局》……

此外，还有富有青春诗意的Rap说唱版《六月，我们看海去》，"中央电视台青歌赛"银奖得主太阳部落组合带来由诗歌改编的歌曲《让我们回去吧》，还有李元胜的《我想和你虚度时光》等名作都被一一改编，呈现在观众眼前。

晚会在《相信未来》中落下帷幕，台下的诗人与读者起立鼓掌，长久沉浸在诗歌的氛围里，不舍离去。

中外诗人齐聚　江城诗韵闪耀

如潺潺的溪流，抑或奔腾的江河；如温柔的呢喃，抑或高亢的呐喊。11月28日上午，在一阵阵优美、深沉的诗朗诵声中，第三届武汉诗歌节暨香港国际诗歌之夜（武汉站）开幕朗诵会、2017"新发现"诗歌营开营仪式，在卓尔书店三楼小剧场拉开帷幕。

乔治·泽提斯、悠莉亚·费多奇克、努诺·朱迪斯、德米特里·维杰尼亚宾等外国著名诗人及吉狄马加、杨克、简明、林雪、潘洗尘等中国著名诗人及评论家齐聚武汉，分享诗歌创作心路，展开中国新诗与世界诗坛的巅峰对话。同时，来自全国的12名诗歌新秀——黑多、冯谖、午言、郑毅、上河、李阿龙、西尔、丁薇、李昀璐、鱼安、翟莹莹、严琼丽，开启了一场关于诗歌的成长之旅。

诗歌节开幕仪式上，特邀嘉宾吴晓润、马凌分别朗诵了北岛诗作《一束》和吉狄马加诗作《这个世界并非杞人忧天》，英国著名诗人乔治·泽提斯朗诵了他自己的诗歌《Minimenta：给Anselm Kiefer的明信片（节录）》，随后，"新发现"诗歌营的诗歌新秀朗诵了舒婷的诗作《会唱歌的鸢尾花》。无声的文字转化成有声的语言，声音的魅力将情感融入诗歌，如同给这些诗文插上了轻盈的彩翼，使得每一句诗、每一个字都灵动起来。朗诵将诗歌文字的音乐美和韵律美充分展现，将现场观众带入诗人笔下的诗歌意境中，深度感受朗诵艺术的魅力，接受了一场心灵的洗礼。

《中国诗歌》主编阎志在致辞中表示，本届诗歌节是第一次和香港国际诗歌之夜合作，这是武汉诗歌节国际化的开端，也是武汉诗歌界推动中国诗歌与世界诗歌交流的开始。明年，武汉诗歌节还将创新形式，在卓尔打造的特色小镇开设新的有特色的诗歌现场。他表示，武汉诗歌节会一年年坚持办下去，尽可能为中国诗坛、武汉文化建设提供更好、更多、更精的平台。

著名诗人、中国作家协会副主席、书记处书记吉狄马加在讲话中说，武汉是中国著名的诗歌重镇之一，悠久的诗歌传统穿越了几千年时光后仍然在这个城市活跃，此次武汉诗歌节就是最好的证明。"新发现"诗歌营也表明中国诗歌后继有人。吉狄马加说，此次这么多不同国家的诗人共同参与诗歌的盛会，说明武汉诗歌节更加国际化了，这些诗人的到来，也为这个诗歌节增添了无限的光彩。他希望通过武汉诗歌节活动，深度地加强不同国家诗人之间的对话和交流，让诗歌为人类和平、彼此了解发挥应有作用。

对话大咖　收益颇丰

中国作家协会副主席、当代著名诗人吉狄马加一出场，便引起了不小的轰动。中国诗人面对面·吉狄马加专场是继开幕式后的首场重量级活动，吉狄马加在和阎志的对话中回望创作心路，畅谈诗坛热点。活动现场气氛热烈，宾主自由穿行诗歌殿堂，引论中外，纵横捭阖，时而语调深刻，时而话锋机趣，妙语频出间让广大观众享受了一场精彩的诗歌文化沙龙。

在如何看待中国当代新诗走向国际化问题上，吉狄马加说，现在中外诗歌交流通道已经建立，但是诗歌的翻译问题依然是目前国际诗歌交流最大的障碍。诗歌翻译是一种再创造，既需要高超的外语水平，还要具备写诗和鉴赏诗歌的能力禀赋。目前国际上能够准确地翻译诗歌的人才很少，而伴随国家影响力的日益扩大，江山代有才人出，中外诗歌交流势必不断深入，寻求诗歌翻译的深度合作，才能努力把中国当代诗歌的整体面貌介绍给世界。

在谈到如何平衡自己的多重身份时，吉狄马加进行了风趣的回应。他说，我们生活在一个容易贴标签的现代性社会，身份重叠十分普遍，而诗人永远不是一个职业。诗人就是一个选择精神劳动的公共角色，而判断一个诗人最重要的标准，就是你写的诗是否离你心灵很近，是否来自于你的灵魂。诗人离去后的精神遗产只是诗歌。

同样拥有多重身份的阎志笑言："以后别人问我，首先要明确'我是一个真正的诗人'，这点很重要。"

正如吉狄马加《为土地和生命而写作》一书的书名一样，土地和生命成为他诗歌创作的主要主题。吉狄马加直白地表示希望他的诗歌能成为彝族民族精神的代言。他表示，民族地域性的诗歌写作要兼顾传承和延续，作为个人、他者和人类共有的情感，诗人有责任去记录和保存民族的情感。

他认为，诗歌技术层面通过适当地训练可以达到，但是诗不能离开生命的本体，诗歌需要有内在的思想、灵魂、精神和情感，这是不可替代的最重要的东西。

阎志顺着话头笑着提醒，"玩语言和技巧的诗人都要注意了，现在AI出来了，所有的技巧和语言都变得不再困难。"吉狄马加回应道，"某种意义上，诺奖颁给迪伦，就是奖给灵魂、奖给心脏的。人工智能可以让你获得语言和技巧，但诗人的思想，好诗必须触及的灵魂和思考的深度，人工智能无能为力。"

接下来的时间里，著名诗人杨克、简明、林雪、潘洗尘和我们面对面，一起探讨诗歌的真谛，尽享诗歌的美好：

杨克认为诗歌是一种比喻性的语言，任何日常生活的事物都可以进入诗歌，他希望能够写下来自日常感受里的诗，让读者从诗歌里面读到他内心对外部世界的感受；

林雪认为在创作上存在一定的地域差异，但是不存在性别差异，写诗最重要的是根据内心对诗歌使命的理解；

第八届闻一多诗歌奖的获得者简明表示，没有伟大的作品，只有伟大的作者，诗歌的审美是属于小众的，但是诗歌可以照亮大众的心灵。他说武汉厚待于他，他要感谢武汉；

来自云南大理的诗人潘洗尘说，在他心中一直有一幅诗歌地图，地图上标的全是诗人的名字，要相信诗歌的奇迹会在生命里发生……

两天时间，他们和读者面对面交流的内容各有不同，但那些静谧而又犀利的对话，都令我们深深动容。

"大地之书翻到此刻"

"大地之书翻到此刻"，对于武汉的印象，北岛如是说。

29日上午，第三届武汉诗歌节迎来最灿烂的时刻。爱诗的人们或席地而坐，或拥在过道上，写满了对诗歌虔诚的脸庞挤爆了现场，在美妙的时刻与四位诗人分享诗歌的美妙，恰如主持人阎志所言："此刻的武汉非常美好！"

长江读书会"北岛和朋友们谈诗"活动开始后，在阎志的主持下，北岛、林雪、潘洗尘三位诗人娓娓而谈，话题从八十年代跳跃到当下的互联网时代。阎志说，很多经历过那个时代的人都有非常美好的记忆，那是一个火热的、充满激情的年代，而现在主要是靠微信和视频，网络时代迎来了诗歌的新气象。

对此，北岛表示，八十年代确实是一个诗歌的黄金时代，而现在大部分年轻人生活中没有真正的写诗的动力，写诗就是觉得语言可以玩，可以用回车键。这次香港国际诗歌之夜的主题叫"古老的敌意"，就是出自奥地利诗人里尔克的这句诗"生活与伟大的作品之间／永远存在着古老的敌意"。写诗需要基本的张力，从七十年代写作开始，自己就是一直和自己过不去的。

北岛同时承认，网络给诗歌传播带来了全民读诗的时代。公众号就能传播诗歌，一个网上诗人访谈有六七十万人收看。但真正的阅读是非常孤独的，必须要平衡新媒体和纸质媒体，书店是很重要的，很多人要看书，而不是看微信。

对此，潘洗尘表示赞同。他说，一个网络诗歌节目可能会有几百万的收听量，但中国诗歌的经典化还是要通过纸质书来完成。

话题在诗歌与现实的融合中不断穿越。诗人潘洗尘感叹："在全世界，只有在中国才有这样的诗歌现场。"武汉人对诗歌的热忱，也让本地诗人阎志颇为自豪："只有武汉才有这样火爆的诗歌场面。"林雪以诗意的语调说，当伟大的读者和伟大的作品相遇时，就是非常高的境界，犹如太阳东升，是一个时代最灿烂的事情。

阎志顺势提出："诗歌可以表达炽热的感情，而对企业家来说，诗歌的功用在哪里？"潘洗尘认为，功用无非两种，一种是生活之用，是衣食住行，汽车、房子；一种是生命之用，是诗歌和爱。

北岛坦诚回答，"商人和企业家需要自己找到一个精神的世界"，他希望企业家们不一定要真能写诗，但要读诗。对生活的迷茫是个普遍的问题。他坦率指出，人们如果除了买好房子、买好车，生活一切都没有问题了，这恰恰就是最大的问题。另外，他还建议道："商人和企业家能够多做一些文化公益的好事，把给孩子们的书、给孩子们的诗送到边远地区，这样会对推动整个国家的文化素质有重要作用。"

"爱诗的城市是美好的，爱读诗的企业家是可爱的，爱诗的女孩子是美丽的。"阎志总结说，"大家都要亲近诗歌，让自己能够安静下来。"他鼓励在座校友会企业家响应北岛号召，多买一些给孩子们的诗和书，送到三四线城市，送到乡村。

关于"诗与远方"，北岛表示，他的写作一直在挑战自我，一直在回溯自己生活的道路，艰难而且复杂。一般的很多诗人都很愉快，但他的写作一直在追溯、梳理、质问关于历史、文学、传统和母语。但也许这种不愉快也是生活的意义所在。

潘洗尘则希望大学生多读诗，并尝试着写

诗，而并不一定要怀着当一个诗人的目标。林雪则表示，内心要对一些通行的、流行的东西，保持一份警惕，坚持一份清醒和矜持，这或许就是诗歌对人生的启迪。

带着对诗歌的热爱和敬畏，我们也期待着，八十年代的辉煌一定会再现。

汉诗昂首阔步"走出去"

既然是国际诗歌之夜，当然少不了外国诗人这个主角。28日下午，参加本届武汉诗歌节的外国诗人与北师大、武大、华中师大的专家学者对话，共同探讨汉诗国际化的途径与效果，并为中国诗歌"走出去"建言。

最近恰好有俄罗斯的双年诗歌节在莫斯科举办，邀请了世界各地的诗人。俄罗斯诗人德米特里·维杰尼亚宾说，"我们的做法就是找到专门的机构，邀请世界各地的诗人把俄罗斯的诗歌翻译成外国文字。"他表示，虽不知这个做法是否有效，但也是一个很好的尝试。

葡萄牙诗人努诺·朱迪斯说，"葡萄牙有很好的博物馆，中国可以在这些博物馆举办中国诗歌的展览，展现当代中国诗歌。同时可以让更多中国诗人到葡萄牙进行交流，这样也可以将中国诗歌带到葡萄牙。"

波兰诗人悠莉亚·费多奇克则认为，中国诗歌如果介绍给波兰的话，第一个渠道是先把中国诗歌翻译成英文，再翻译成波兰语。另外，还可以让更多中国与波兰年轻的诗人进行交流合作。

圆桌会议持续了两个多小时，气氛热烈，各位大咖金句频出，会场时不时爆发出笑声，虽然大家语言不通，但是并不影响沟通与交流，因为，诗属于大家，情感是共通的。

90后扛起楼梯间朗诵会大旗

诗，源于生活，最终也要走向生活。楼梯间朗诵会在2016年的武汉诗歌节中与大家见面，之后反响强烈，因此，今年的诗歌节，楼梯间朗诵会继续进行。

在楼梯转角，随意搭建舞台，只要爱好诗歌，你就可以上台朗诵，无关乎普通话是否标准，只要心有热情即可。就这样，数名诗歌爱好者在卓尔书店一楼楼梯间不期而遇，纷纷朗诵自己热爱的诗歌和新鲜原创的诗作。

著名诗人潘洗尘、余笑忠、森·哈达率先朗诵自己的得意之作，随后90后诗歌爱好者活力登场。来自武汉大学、自取笔名"陈0"的大二学生，带着几天前手写的《梅藏嘎》上台朗诵，投入中难掩激动。来自云南楚雄的彝族"新发现"学员李昀璐朗诵了自创的《梦镜台》，词藻中充满90后的流行物象。另一位90后的华师心理学院研一学生成乔林，喜欢英文诗，并用英文朗诵了伊丽莎白·巴雷特·勃朗宁的《我该如何爱你》。

最让我们感动的是70岁的夏先生，来自江苏南京，两次登台朗诵，他朗诵的《生命交响·屈原颂》长达六分钟，行云流水，完美展现了他作为江苏省诗歌朗诵协会会员的功力。他说，"武汉作为诗歌大都市名不虚传，我刚刚给工作人员留了电话，以后这种活动都想参加。"

期待为武汉写首诗

29日晚，武汉突降大雨，风雨交加中，迎来武汉第三届诗歌节的收官之作——外国诗人面对面。英国诗人乔治·泽基斯、波兰诗人悠莉亚·费多奇克、葡萄牙诗人努诺·朱迪斯、俄罗斯诗人德米特里·维杰尼亚宾，和武汉诗歌爱好者一起读诗谈诗。

当晚的面对面，外国诗人们纷纷表示，通过参加此次诗歌节，他们对武汉乃至中国新诗都有了全新的认识。波兰诗人悠莉亚·费多奇克生活的城市有条河，而武汉有长江穿城而过，让她觉得非常亲切。她说，上午他们参观了湖北省博物馆，在东湖绿道环湖漫步，因为水，感觉武汉这座国际化大都市有了更多诗意的流淌。当主持人问她，武汉之美，是否引发了她的诗情，为武汉写首诗？悠莉亚表示很期待。

葡萄牙诗人努诺的诗歌写了很多爱情，当主持人问他是否会为武汉女性写一首浪漫的诗？努诺说，这几天充分感受到武汉人的热情和友好，诗人通过观察，像照片一样记录一地的风景、人情，他相信武汉或早或晚都会出现在他的创作版图里。

至此，第三届武汉诗歌节在充满诗意的夜晚落下帷幕。明年，我们再以诗歌的名义相聚！Z

屠岸

纪念特辑

1923.11 ~ 2017.12
COMMEMORATIVE SPECIAL EDITION

著名诗人屠岸纪念特辑

中国当代杰出诗人、资深翻译家、人民文学出版社原总编辑、《中国诗歌》编委屠岸去世

  我国当代杰出诗人、资深翻译家、散文家、文艺评论家、出版家，中国作家协会全国委员会名誉委员、中国翻译家协会会员、中国诗歌学会副会长、中国非物质文化遗产——常州吟诵传承人，人民文学出版社原总编辑、党委书记、专家委员会副主任，《当代》杂志顾问、《中国诗歌》编委屠岸先生，因病于2017年12月16日17时在北京逝世，享年94岁。

  屠岸先生毕生为新中国的文学事业、翻译事业和出版事业做出了重要贡献，为人民文学出版社的发展做出了重要贡献。他的逝世，是中国文学界、翻译界和出版界的重大损失。

  屠岸先生担任《中国诗歌》编委期间，曾多次与《中国诗歌》负责人交换意见，他一直关注当今诗坛创作状况和《中国诗歌》的成长发展，并根据他对诗歌的美学造诣，提出指导意见。他的逝世，也是中国诗坛和《中国诗歌》的重大损失。

著名诗人屠岸纪念特辑

屠岸先生生平简介

屠岸，1923年11月22日生，江苏常州人。1942年考入上海交通大学铁道管理系。1946年2月加入中国共产党。1949年在上海市文艺处从事戏曲改革工作。后奉调华东军政委员会文化部，任华东《戏曲报》编辑。1951年，屠岸与章妙英结为夫妻。上世纪五十年代至"文革"前，他在中国戏剧家协会工作，先后任《剧本》月刊和《戏剧报》编辑、常务编委，戏剧研究室副主任等。"文革"期间，屠岸先生受到巨大冲击，1969年下放文化部"五七干校"。1973年奉调至人民文学出版社工作，先后任现代文学编辑部副主任、主任，人民文学出版社党委委员。1979年任人民文学出版社副总编辑。1981年4月，任人民文学出版社常务副总编辑。1983年10月，任人民文学出版社总编辑、党委书记。屠岸曾任中国作家协会全国委员会名誉委员、中国翻译家协会会员、中国诗歌学会副会长、中国出版集团公司内容建设委员会委员、人民文学出版社专家委员会副主任、《当代诗坛》主编、《当代》杂志顾问。

屠岸先生毕身致力于诗歌创作、诗歌翻译、文艺评论和文学出版事业。他从上世纪四十年代起开始诗歌创作和诗歌翻译，历经七十多年历程，创作活力长盛不衰。其创作的主要诗歌和散文作品有：《萱荫阁诗抄》、《屠岸十四行诗》、《哑歌人的自白——屠岸诗选》、《诗爱者的自白——屠岸的散文和散文诗》、《深秋有如初春——屠岸诗选》、《夜灯红处课儿诗——屠岸诗选》等。在文艺评论、随笔等方面屠岸先生著有《倾听人类灵魂的声音》、《诗论·文论·剧论》、《霜降文存》等作品。此外，他还出版了自述《生正逢时——屠岸自述》（李晋西、何启治采写）。2016年出版了《屠岸诗文集》（八卷本）。

屠岸先生于1948年翻译出版了美国诗人惠特曼的《鼓声》，1950年翻译出版《莎士比亚十四行诗集》，这是中国出版的首部莎士比亚十四行诗中文全集。他的其他重要翻译作品还有《济慈诗选》、《英国历代诗歌选》（上下卷）、《一个孩子的诗园》（斯蒂文森著)、《我知道他存在——狄金森诗选》、《莎士比亚诗歌全编》等。

著名诗人屠岸纪念特辑

屠岸先生翻译的《济慈诗选》获2001年第二届鲁迅文学奖文学翻译彩虹奖。2010年他荣获中国翻译家协会颁发的翻译文化终身成就奖。2011年获国家版权局颁发的2011年中国版权产业风云人物奖。2012年被中国出版集团公司推为首批编辑名家。2017年获中坤国际诗歌奖诗歌翻译奖。屠岸先生三次担任国家新闻出版总署主办的国家图书奖评委,两次担任中国作协鲁迅文学奖评委、翻译奖副主任委员、诗歌奖主任委员。他还是中国非物质文化遗产——常州吟诵传承人。

屠岸先生在《戏剧报》、中国戏剧家协会工作期间,对中国戏剧、地方戏剧的产生、传承和发展进行过细致的研究。他任人民文学出版社总编辑期间,组织出版了大量读者喜爱的图书和国家重点图书,其中《钟鼓楼》、《沉重的翅膀》荣获第二届茅盾文学奖,为我国文学出版事业的繁荣和发展做出了重要贡献。

屠岸先生一生清正勤勉,工作恪尽职守、呕心沥血;为人真挚诚恳、儒雅谦和、待人宽厚,无论是对待亲人、友人、同事,还是对待普通的青年学子,他始终充满着真情和深爱。他是深受广大读者爱戴和业界同仁尊敬的长者,是文学出版界、翻译界和诗歌界的矫矫者。屠岸先生为中国的文学出版事业、为中国诗歌的发展、为中外文化交流和人民文学出版社事业的发展奉献了毕生精力,做出了卓越贡献。

诗人谢幕,诗魂永在。

屠岸先生千古!

人民文学出版社
2017年12月17日

著名诗人屠岸纪念特辑

屠岸:"深秋有如初春"

□黄尚恩 从子钰

诗人、翻译家屠岸曾经写过一首诗叫作《深秋有如初春》,其中有这样的句子:"深秋有如初春:/这诗句石破天惊!/曾经存在过瞬间的搏动——/波纹在心碑上刻入永恒。"在七十多年的创作时间里,这位94岁的老人翻译、创作了许许多多的优秀作品。近期,他创作的诗文结集为《屠岸诗文集》,由人民文学出版社推出,而其译文集也将随后出版,这些"曾经存在过瞬间的搏动"的诗句将永恒地化为铅字。值此文集出版之际,屠岸接受了本报记者的采访,讲述了他在生活、翻译和创作中的经历和体会,展现了他"深秋有如初春"的心境。

生活:用生命与诗魂拥抱

在《诗爱者的自白》一文中,屠岸写道:"我是诗的恋者,无论是古典、浪漫、象征、意象;无论是中国的、外国的,只要是诗的殿堂,我就是向那里进香的朝圣者。"屠岸这种用生命与诗魂拥抱的人生态度,起源于母亲从小对他的启蒙教育。其母是当时常州的才女,在他的眼中,"母亲是个了不起的女子"。屠岸幼时家中有这样一副对联:"春酒熟时留客醉,夜灯红处课儿书。"在他读小学四五年级的时候,母亲就每晚教他读《古文观止》和《古文辞类纂》,并且用一种独特的方式(常州吟诵调)带着他开始吟诵唐诗,主要是《唐诗三百首》、《唐诗评注读本》中的作品。他从母亲那里学会了常州吟诵调,也记下了这些诗文。这些诗文成为他日后走上文学创作之路的基础。在后来屠岸成为父亲、姥爷之后,他继承了母亲的做法,总与子女、孙辈举行"家庭诗会",朗读、赏析诗歌,真正做到了诗书传家。

屠岸不仅背下了诗文,也开始尝试写作。1936年的冬天,正在上海中学读初一的屠岸创作了第一首诗歌习作《北风》,其中写到:"北风呼呼,如狼如虎;星月惨淡,野有饿莩。"这首并没有发表的诗作,主要表达了为贫苦人民的艰难而感到悲愤的情绪。那时,他住在上海萨坡赛路(今淡水路)的姨母家里,冬天一出门就看到路上冻死的乞丐。他发表的第一首诗是1941年12月1日在《中美日报》副刊《集纳》上发表的《孩子的死》,"诗中的人物是凭想象描写的,诗很幼稚,但感情真实"。屠岸说:"读了不少诗,感情高涨,觉得需要宣泄,就开始用了诗的形式。"

屠岸学英语是从高中学英诗开始的,还没有学语法,先学背英诗。当时他表兄奚祖权进了上海光华大学外文系,正是从表兄那里,他接触到了《英国文学史》和《英国文学作品选读》

著名诗人屠岸纪念特辑

等。他把一百多首英文诗的题目抄在纸上、贴在墙上,然后用"飞镖"远远地掷过去,看扎到纸上的哪一题,便把那首诗找来研读。经过两年多时间,他把一百多首诗都研读了一遍。他喜欢上了英语诗歌,特别是迷上了莎士比亚、济慈、惠特曼,后来还包括弥尔顿和华兹华斯等。他痴迷于诗的世界中,甚至有两次走路撞到树上。有一次在理发馆理发,他突然领悟了一句济慈的诗的意思,兴奋地从椅子上跳起来大呼"Eureka!"(音译"尤里卡",意为:"好啊!有办法啦!")结果这件事给他带来了"尤里卡"的绰号。根据1940年11月20日的日记记录,屠岸第一次真正翻译的英文诗是斯蒂文森的《安魂曲》,第二年第一次发表译诗——爱伦·坡的《安娜贝莉》。1942年,屠岸考入上海交通大学,不仅可以更加频繁地与表兄请教,还可以在上海的旧书摊上淘来很多珍贵的外文诗集。

一边翻译,一边创作,屠岸慢慢走上了文学的轨道。1948年,翻译出版了惠特曼诗选集《鼓声》;1950年,翻译出版了《莎士比亚十四行诗集》。在创作上,屠岸似乎兴趣不太高:"在一系列'左'的东西的影响下,我诗歌创作的感觉都被消灭掉了。"但有的时候,他也会将一些情思寄托在诗词作品之中。在那些艰难的特殊岁月,屠岸被"扣帽子",下放改造。在静海干校艰苦的体力劳动之余,他偷偷地写旧体诗,背诵莎士比亚、济慈的诗。这成为支持他活下去的精神支柱。1973年,屠岸回到北京,被分配到人民文学出版社工作。直至粉碎了"四人帮",诗人才迎来了重新歌唱的春天。1985年,他将这些年来创作的诗词作品结集出版,命名为《萱阴阁诗抄》。此后,无论是创作还是翻译,屠岸都迎来了自己的井喷期。如今,近一个世纪走过,这位老人写下的文字,可以说是硕果累累,光是最近推出的《屠岸诗文集》就已经有8册,其中包括之前未发表的写于1937至1938年间的纪实文章《漂流记》。

翻译:追寻原作的迷踪

屠岸翻译了惠特曼的《鼓声》、莎士比亚的《十四行诗集》、济慈的《济慈诗选》、斯蒂文森的《一个孩子的诗园》(与方谷绣合译),以及《英国历代诗歌选》等重要诗集。他说:"在英国诗人中,我最喜欢两个,一个是莎士比亚,另一个是济慈。两相比较,又更亲近济慈。"这份亲近首先来自于一份"感同身受":"济慈22岁得肺结核,我也是22岁得肺结核,当时没有特效药,这可是不治之症。"于是他便将这位英国大诗人当作知己,并用他的诗歌来自勉。每当感到苦闷时,他就背诵济慈的《夜莺颂》、《希腊古瓮颂》、《秋颂》以及其他喜欢的诗作。屠岸说:"我为什么喜欢济慈的诗,因为他用美来对抗恶。"由于气息相通,他翻译济慈的诗显得更加顺畅。2001年,屠岸翻译的《济慈诗选》获得了第二届鲁迅文学奖翻译奖。屠岸说:"真正要译好一首诗,只有通过译者与作者心灵的沟通,灵魂的拥抱,两者的合一。"

屠岸借用济慈"客体感受力"的诗歌创作理念谈到,诗人自己是主体,客体则是吟咏的对象。济慈的原意是,写诗的时候排除主观精神状态和主观推理要求,把自己变成"太阳"、"花朵"等吟咏对象,然后进行创作。屠岸认为也可以把这一理念移用到诗歌翻译上,就是要求翻译者抛弃自己原来的思维定势,与要翻译的对象拥抱,使灵魂与歌咏对象融为一体。因

著名诗人屠岸纪念特辑

此,翻译之前要先熟悉作家和作品,更重要的是要能够体会到诗人的创作情绪,使译者的心灵与作者的心灵契合。

提到翻译艺术不能不提严复所要求的"信、达、雅",而屠岸经过多年的翻译实践对此深有体会。他说,严复讲的"信"是忠实于原著;"达"是语言畅达,让读者看得懂;"雅",用我们今天的理解,应该是要保持原作的语言风格。其中,"信"是核心和关键。任何一个译本,都是作者和译者共谋的结果,因此不同译本之间肯定有很多差异,但只要真正达到了"信"的标准,就应该能够在总体风格上找到相同之处。他举例说,每个成熟的演奏家和指挥家都依照自己独特的风格去理解和表现音乐作品,但是演奏者的风格并不能脱离原作的风格。在戏剧舞台上,一千个演员会演出一千个哈姆雷特,但这一千个哈姆雷特又必须同时都是莎翁笔下的丹麦王子而不是其他的人物,不然就只是对哈姆雷特进行颠覆,那是对原作的"背叛"而不是"创造性表演"。

在屠岸看来,"雅"对翻译来说也是非常重要的,但他的理解同严复有差别。他认为,今天的翻译在"雅"的道路上不可能继续像严复一样,翻译出来的文字都是桐城派的典雅文风,而应该符合作品所要表达内容的文字特征,例如,贩夫走卒说出的话不能是贵族的语言。莎翁戏剧中,贵族的语言应该是典雅,但贩夫走卒的语言就应该是通俗,这才是对"雅"的正确理解。傅雷的翻译文字是雅的,他能够根据作品中不同人物的身份地位、性格特点,在翻译时对其说话的语言进行调整,让读者感到这个角色的语言是生动的,是完全属于这个角色自己的。做到这一点非常不容易,傅雷是一位杰出的翻译家。

"我的译诗要求是在信、达、雅的前提下,既要保持原诗的风格美、意境美,也要尽量体现原诗的形式美、音韵美。"为了达到这一目标,屠岸坚持用格律诗来翻译格律诗。他受诗人卞之琳的影响,在翻译莎士比亚的十四行诗时,遵循"以顿代步,韵式依原诗,等行"、"亦步亦趋"的原则。译诗追求与原诗的形似,争取再现音韵美。他认为,一首诗的内容和形式是相互制约、相依为命、水乳交融的,如果完全丢弃掉原诗的形式,它的内容也就变味了。

除了翻译诗作的实践,屠岸还积极就翻译界存在的一些现象和问题进行直言不讳的批评。他说,批评是为了真正地讨论问题,因此要注意态度和方法。批评别人时首先要秉持着平等探讨的原则,而不是颐指气使、盛气凌人,同时还要进行自我批评。这样不仅有利于翻译事业的进步,同时也会促进翻译家之间的团结。屠岸和方平这两位翻译家之间的友谊就是通过互相批评建立起来的。1950年,屠岸翻译的《莎士比亚十四行诗集》出版,在译后记中提到了几句对方平所译两首莎诗的批评,结果次年《翻译通报》的主编董秋斯转给他看一篇方平写的文章,对屠岸翻译的十四行诗中的一些错误提出批评,语气严肃。董问他是否可以发表这篇文章,屠岸当时刚刚进入翻译界,而且译作马上出版,所以面对这样的批评文章感到很紧张,专门写信给方平讨论此事。最后,两个人都把自己翻译中的错误纠正了。后来,屠岸的《莎士比亚十四行诗集》再版时竟是由方平做责任编辑,两人又不断探讨,不断地改进译本,力求精益求精。屠岸说:"批评可能会使人对立,但是处理得好,批评者和被批评者会成为好友。我和方平就是这样。"

著名诗人屠岸纪念特辑

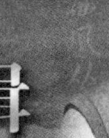

创作：在束缚和自由之间

广泛的阅读写作以及丰富的翻译实践，让屠岸的诗歌创作之路越走越顺畅。《屠岸诗文集》收录了他的《萱阴阁诗抄》、《屠岸十四行诗》、《哑歌人的自白》、《深秋有如初春》、《夜灯红处课儿诗》等多部诗集。这些作品的体裁、形式非常丰富，有古体诗、自由体、十四行诗、散文诗等。小时候的教育让他对传统诗词有一种亲近感。在青年时期，他曾经热衷于惠特曼的自由体诗歌，因为他的诗歌自由奔放、汹涌澎湃，摄魂夺魄，激动人心。屠岸认为，惠特曼的诗虽然不押韵，但也并不是没有节奏的约束，而是有如澎湃的海浪，或如心跳和脉搏，是有节律可循的。后来，因为翻译莎士比亚的十四行诗，屠岸又喜欢上了十四行体。

屠岸认为，十四行诗尽管像是设了一个框框，但也可以容涵无限天地，可以在很小的范围之内，上天入地，沉思宇宙。正因为有形式的限制，十四行诗更加要求字、词、句的精炼和严谨，力戒放肆和泛滥。1986年，花城出版社出版了《屠岸十四行诗》，屠岸以自己的写作来呈现对十四行诗的偏爱。屠岸说："我对韵律有一种天然的亲和感。闻一多讲格律诗的创作是'带着镣铐跳舞'，吴钧陶认为是'按节拍跳舞'。我认为在这种'古典的抑制'中，也可以获取自由，做格律的主人。"

屠岸对自由与束缚之间的关系有着比较辩证的理解。他认为，十四行诗这种严格的形式并不会把思想束缚住，规矩之下也能发挥自由。诗歌创作是自由的，但不应是形式散漫，而应是思想自由。要不受某种意识形态控制，不一定非要歌颂什么或批判什么，而是要写出自己内心真正的感受，这才是最重要的。在创作过程中，他会根据不同的需要来选择诗体。他说："应该情随事变，不必拘泥于定式，最重要的还是要通过诗歌的形式能够真诚地表现内心的世界。"因此，尽管十四行诗一直是他自己最钟爱的形式，但他也仍然写有许多其他体式的诗作。

在屠岸看来，诗歌创作，既要有所"变"，也要有所"不变"。自古以来，诗歌都要创新，从最早的《诗经》、《楚辞》到魏晋六朝的汉诗，从后来的唐诗宋词和元曲，到晚近"五四"以来的新诗，都是创新。一部诗史就是诗歌创新的历史。但这种创新，不是为了青史留名而故作惊人之举。虽然创新就是求变，但万变不能离其宗，这个"宗"就是真善美，不能离开人民群众的审美要求。

在采访的最后，屠岸先生告诉记者说，他现在每天仍然用六七个小时的时间来工作，要么是伏案阅读、写作，要么是给朋友和读者回信，而且每天坚持记日记。他的孩子们怕他累着常劝他多休息，但他却总说，"工作就是休息"。目前他没有进行大部头翻译的计划，只是进行一些诗歌创作。他说："最近写了几首诗，包括《鹿回头》、《茌苒姑娘》和《小山，正向我走来》等，自己还算满意。平时也会通过电视和报纸关心国内外的时事，对不公正、非正义的事情总是感到愤慨。但是，对于生活之中的一些小事，就没必要生什么气了。有人问我长寿的秘诀，我说，我没有秘诀。只是不发火，不生气。发火或者生气，只是拿别人的错误来惩罚自己，做人不能这么傻。"

原载《文艺报》2017年9月23日第一版

头条诗人
HEADLINES POET

NIE QUAN 聂权

1979年生，山西朔州人。获2010中国·星星年度诗歌奖、2016华文青年诗人奖。著有诗集《一小块阳光》、《下午茶》。

春 日

•组诗•

□ 聂　权

喧　哗

那是我给你的伤害
它们像波浪

它们更像少年不更事的悔恨
一波高似一波，在这个越走越深的尘世里

我还未全被淹没。
我曾给你的，时间会加倍还给我。

我听着潮声，它们慢慢喧哗
震耳欲聋

如果还能回去
我们心灵的故地，我愿意
把我还给你。

传　说

"木囚"只是一种传说
造它，要繁琐工序
和取意象征的巫术：
斫来梧桐，选最好的部分
砍、削、琢，把精致的人形囚入
凿一坑，四周
堆放芦苇
将木囚置入其中

牵来疑犯
犯人有罪，木囚静卧
冤枉，木囚一跃而起
木质的脸激动，鼓舞手足
仿佛，是自己受了冤屈

靠 近

有鲜美之物
不可过分靠近。

有璀璨之物
不可过分靠近。

可倾心爱恋之物
不可过分靠近。

可抛弃其他，只迷恋它之物
不可真正靠近。

它们是祭坛上的红宝石
适合让某些人默然、哑然。

走 回

小屋杂乱而拥挤
一灯昏黄如豆
而你觉得
一切是温暖的。
多年后，你说：
"最快乐的事，就是在你的小屋里
等你
下自习回来。快乐
就是那么简单。"

嗯，不能逆着时光走回
我辜负了你。

午 后

我们相拥躺着
不知不觉睡着了

阳光照在我们的肌肤上
像黄金，像跳跃着的银子

它们慢慢消失
像沙粒，像人生的温暖与微凉

像水的跳跃
像水融入哑然无声的水中

我们终究要分开
像水，不溅起一滴水花

但薄窗纱似的暖和，这个午后之后
在我们的心中存留下来了

石 榴

冬风起，我手头有大石榴。
石榴红　石榴莹透
且甜，粒粒讶许同
颗颗石榴
好像这遥远京城夜晚
街道上闪烁的车灯
它们沉缓的归心
在夜色中璀璨地绽开，抽出枝芽。
冬风起，石榴
有憨厚的笑，而我心
多感伤：不能把它们
寄给围餐桌而坐的亲人

父 亲

西红柿三个，沾泥土豆两个
葱一绺，饺子一盘

舍不得扔掉：出差归来
父亲已回老家了。它们
是他留下的

冰箱里静静变质的过程

闪着光

甜蜜
又有些忧伤

有一天踮脚，打开橱柜
看到半瓶红豆、半瓶米
仿佛看到了，他坐在我身边
空气里，耐心
把一颗颗豆子装进可乐瓶
然后，又把香甜的糯米
装进来

伤 逝
——题张巍摄影作品《伤逝NO.10》

他怎么突然就死了。突然
合上眼睑，再无知觉

小山丘有冬日灰白的高低起伏
冷硬的灌木，灰色的风吹不动
空旷而苍凉的天空俯下低矮身子
向这个弯腰的扎长麻花辫的
年轻女人——
她无比哀伤地慢慢动起来

拍拍他的脸，想使他
醒过来，但他再
无动于衷。她终于
辨明这个事实
他已随这个世间的许多事物，已逝

她要将他运回家
尝试许多姿势，她愿意
让穿着中山装的他仰躺，让他再看着她
揪住他的两只手和一只脚
将他一下一下地，费力地拖回

这样，他会蜷曲着
像他多少次抱过的蜷曲的她一样
这样，她的腿会碰着他的结实臀部
手会与他的手紧紧纠缠
这两只手仿佛还会给她

倒茶盛饭
在她旁边端起书本
和她一起赶着牛羊
暮色中归家
她的长辫子啊，耷拉在他的胸膛
一下一下，摩擦他

她埋着头，用力
他身上的土滚卷到她的身上
他们都成了多土的人。听不到她
喉间、鼻间发出什么声音
照片中，是不辨背景、年代和声音的

熟 悉

立刻就熟悉了。
地铁上，素昧平生的两位母亲
把他们放在相邻的座位上

"我五岁！你几岁？"
"我四岁！"
"我喜欢熊猫
你喜欢什么？"

那么天然的喜悦
茫茫无边的尘世
他们是那么信任对方
易于结识

春 日

我种花，他给树浇水

忽然
他咯咯笑着，趴在我背上
抱住了我

三岁多的柔软小身体
和无来由的善意
让整个世界瞬间柔软
让春日
多了一条去路

流浪儿

用粉笔
在水泥地上
画一个妈妈

然后蜷缩在她的肚腹中睡去,像
依偎着她
也像仍然在她体内
舍不得出生

简笔画的妈妈
那么大
她有漂亮长发、蝴蝶结
有向日葵一样的圆脸庞
和弯弯笑眼

凝 神

用麂皮擦拭壁上的镜子

可怜柔软的麂皮
偌大一块,不还价只卖30元
可怜一只麂子
全身没有几块
这样的皮子

可怜白云下青草里的
悠然奔跑
可怜月夜里的
凝神

人 间

没有更好的身体
和微笑,愉悦对方
否则
他会倾其所有献出来

爱,止于这一刻的身体

和凝望
否则
他会献上更多爱

人间
不富足也不薄凉
对每个人都一样。
于灵魂却不同

他每日登上峰巅
看看灵魂
看看它亦欢欣亦阵痛的模样
它献祭柔顺羔羊的模样

真 相

世人喜欢什么
商贩就造什么

喜欢玫瑰,他们就造艳丽的
喜欢刀刃,他们就造锋利的

姜被硫磺熏过,呈现优美色泽
橘子熏过,在这世上速腐

速腐之物为何出现在菜市场
小贩微微一笑
道出了真相:
"人们看重它们的品相。"

多少事物都是如此,自己造就的
总要由自己
把它吃掉

土豆丝和茄子

一个男人和一个女人的故事
重点在于:它是
一盘土豆丝和一盘茄子的故事

"没有我,你能吃到
茄子和土豆丝?"

他炫耀他的恩赐
她转身，打包行李
寄回老家

她的姐姐，影院里看《黄金时代》
忽然大哭："萧红过的是什么日子
我妹妹，过的就是什么日子"

萧红嫁了萧军，她嫁的
是一个上海老男人，一起
过了三年

星　辰

从老太太家出来
三星在户
她的大半生
也不能给
使我困惑的善恶因果
人间命运
一个参照

树梢上无数星辰
无数盘
浩大棋局
此夜，作铮铮
与铿锵声
如干戈鸣

秘　药

离群索居的两个人
巴拉村的山腰间
老妇已龙钟
高大丈夫犹壮年

十五岁追随她
蜜意无衰减
挑水、耕地
日子过得平淡
华发渐生
终不厌倦一张苍老的脸

都说这傈僳妇人
知晓"爱药"
配方之秘，收了那少年
做感情奴隶。秘方
不可人人皆得
山下居住的人
徒然，边指指点点
边生出对药物的
恒久的艳羡之心

理发师杨海旭说

年前，这段时间您去理发
请给发型师和助手
一个微笑
他们每天
吃不好，睡不好
一干就是十几个小时
还要尽心尽力服务好每位客人

遇到问题不要发火
不要敌人一样
对待他们
年前，太忙
照顾不周请谅解
这是一群有梦想的年轻人

——哦，原地转圈
活如蝼蚁
他们
也有梦想

回民街

老孙家羊肉泡馍
女服务员的爱理不理
是百年老店资本的一种

老米家羊肉泡馍、铁志明腊牛羊肉、肉丸糊辣烫
人世繁华，三只羊在街角
从自己的骨架上倒挂下来

那是无关之一种

身高力壮的伙计们在店门前吆喝揽客
有时，在躲避他们的行人耳边的
兴高采烈的声浪故意炸响
是快乐的一种

向日葵豌豆枪
大战僵尸的毛线植物们生动
"都是我自己手工做的，不容易
城管来了就得往街边跑"　城管
果然来了
夫妻俩动作娴熟地跑
女性胆战心惊的眼神
是世间柔弱之一种

湖　水

湖水仿佛
有着向心的引力

中午我们散步
每当我们靠近这面湖
话题就转向
荣辱、温暖
广阔和爱

不是有意的
每当意识到这一点
我们都讶异于这种巧合

湖水有粼粼羞愧
它不能像一匹丝绸
托载起
前几日那个少女的美好身体

浮桥上的月亮

再没有比它更高的浮桥了。
而人们忙忙碌碌，只顾
重复每日脚步。但还是
有人

仰头，注意到
那轮红色的月亮
它竟然那么大那么圆
散发与现实对应的
梦境一样的光彩——
兴奋地，对身边的男孩大叫了一声
把手指向了它

棒　喝

"汝今能持否？"
《少林寺》中的禅师问

禅师在高处，像另一个自己

时时问，有次我提壶
浇花，阳台间
他猝然出现
当头一问，如棒喝

时时答：能持
有时犹豫，还这样答。
力不从心时，也这样答。

需持何？有时模糊
有时确定，有时
是这人间的一切

时间，一天天过去了

跪

很多乞讨者
是骗子
他不是

实在没有路了
终于要屈服了

他咬咬牙，闭眼
跪了下去

男儿膝下有黄金,屈从命运的一跪
多么艰难

白云在蓝天上
有碰撞出的,好听的叮当的响

教 义

甘南山水,给我教义
包括:
丰腴如女性腰身的绿色起伏
一动不动的黑点
那些腰身和腹部上的牦牛
无人迹处吟诵经文的幡布
清晨把奶桶拎出帐篷的中年妇人

玛曲湿地
黄河源头处,摇曳小黄花
和水光
将一座无垠的寺庙
铺展开来

红布条

森林绵延无尽
少人迹
如果看到护林小屋和狗
人烟就近了

而公路旁,隔几里
就现出红布条
有时,系在落叶松上
有时,系在杨树上
有时,灌木丛上
有时,一株小小的
升麻、老鹳草、水苏上

天地
会更静更广阔,雪很快
就会落下

到处隐现的红

会更鲜艳

转 经

大拉卜楞寺
数不清的人
绕大殿转圈
口诵经文

玛曲的一座小寺
几个人
绕大殿转圈
口诵经文

更南方的一座孤零零的白塔
一个人
围绕它转圈

我看到的老阿嬷衣衫破旧而洁净
曾走在我前面的老阿嬷们
脚步蹒跚,发辫花白:
今生幸福还有希望
修不得今生
那就修来生

水 流

我们所说的一天
又过去了

我们所爱的一天
又过去了

我们寄予希望的一天
又过去了

我们期待让自己伟大的一天
又过去了

我们平凡日子期待奇迹的一天
又过去了

昨天、今天、明天,水流一样
又过去了

水的寺庙

盐锅峡,黄浊河水
开始放身奔涌
礁石上激溅

向上,永靖
黄浊河水,平坦旷远,静水
深流,不动声色携泥沙
东去,褐红山崖和岸边绿树
倒影一起流淌

再向上,刘家峡
河水蓦转碧蓝,一如三峡

再向上,玛曲滩涂
九曲黄河第一弯,白云间,清净水光
映照毛茛,那一望无际小黄花
我们不由在草地和花间
坐下来

随处庄严,黄河
是一座水的寺庙

打 鸣

此去山高路遥
此去滩多水急
此去两岸猿声难啼住

此去凤凰且藏名山
此去蛟龙暂归深潭

此去后呵
海终阔地终广大
此去后
鲲鹏终举万里翅
无伦羽翼泛北冥

此去后,念切切,初心
不相忘,人世
终安好

山 腹

沿着山腹
去寻找金沙江

和重聚又将别离的兄弟
他满身伤痕
却有不去舔舐的淡然

交谈是无形的闪电
和隆隆的雷声。不管了
不管江水发出的是什么声音
不管了
其他兄弟的呼唤与追寻

我们在公路旁坐了下来
山间明月与空气迷人,七八颗星星
弯成斗形,真迷人啊
一穹隆笼罩而下的星月,真迷人啊
那天地间的冷冷薄纱

双柏记

一

哀牢,一个妖娆的古国
对,妖娆
出土刀具与其他器物
皆装饰华美
多作弯月状
雷平阳
如是说

哀牢腹地,查姆源头
抵达安龙堡的那夜
篮球场,我们围成一圈
拍手,踏足

跳起大娱乐

金黄弯月，随我们走
敲一敲
会发出清脆响声

二

佳人，宜居幽谷
李方村，山林深处
三五树马缨花
如瀑
花大如碗
深红浅粉

惊世骇俗的美
不可现于世人眼前

三

门，真不闭户
无房卡，无钥匙
老板娘有安静的笑脸
"这里，家家户户
都不上锁
从不丢东西的"

彝人宾馆
在斜坡上
风声呼呼撞来
临睡前，这些外乡人
反锁房门

吧嗒，一声声传递开来的轻响
像一声声狐疑
也像
莫名的羞愧

四

说起很多很多年前，远方深山
大蟒

猎蟒者将一种藤蔓

弯成圆圈
套于蟒颈
大蟒即任由摆布

生生相克之理
难以解答

大蟒性温驯，不伤人
情忠贞
有一雄处
必有一雌

席间酒杯迅速变冷

五

毕摩来自哪里？
有人说，是
人鬼神交通的世界
他可以轻易看透
你的所思所想

毕摩不这样想，他只想表述
但他说话含混不清
坐小凳上面对他的人们
也只能隐约听到
他没多上过学
无奈传承了老父衣钵
听到
世代敬奉的创世经书《查姆》
名称由来
查，人；姆，做
查姆，即做人

六

爱尼山的一面山坡
有会飞上树睡觉的鸡
有可将米饭染成五色的鲜草
两面针挂着果
刺五加绽多彩花

茯苓、重楼
三七、续断

想从哪里长出
就从哪里长出
包一些山地种药材吧
一亩15元，几年后
成富翁，爱尼山乡长说得认真

七

舌可舔舐滚烫铁犁
脚也可踩踏其上

祭天地经　一章
祭龙笙
老虎笙
孔武之舞献予
开辟天地
身化山川日月
护佑万民的虎神

一章留着
祭祖祭人
先祖在歧路凄凄惨惨
母亲抱婴孩且行且歌
这时天空现出指路经

毕摩们诵经声龙吟般响起时
有人泪流满面
指路经飘扬时
有人内心凄怆

却找到了方向

八

众皆迷醉

"从来没听过
这么迷人的乐声！"

安龙堡那夜，75岁老人
拨动仅此地有的四弦，舞姿安定而轻灵

乐声入耳、入心、入神
继而洗耳、洗心、荡神

我们跟着那老人
且歌那旋律
且拍手踏足，那清癯老人
转身时轻灵，如小清风

后来，人越来越多
后来，没人发现
老人没入了那月亮
没人发现
我们在跟随一弯月亮跳舞

那群山中间的月亮，发出的
是完美的谜之音

机器诗人及其他

□ 聂 权

早晨，朋友圈被微软人工智能机器人小冰发布诗集的消息刷屏了。

我不担心写诗机器人会取代诗人。

那一天永远不会到来。

真心和真情，机器人不会有；生命阅历，深入骨髓的爱恨情仇、温暖与疼痛，机器人不会有；衷心而生的对他人、对世间万物的尊重和关怀，机器人不会有；人性和神性，机器人不会有；梦想、灯塔、舍利子，机器人不会有；对天地自然的庄严师法，机器人不会有；如神龙般隐显无定的变化，机器人不会有；胆、识、才、力，机器人不会有；境界和格局，机器人不会有；源头和根本，机器人不会有；来处和去处，机器人不会有。

写诗，是人生的一种修炼，对于真正的写作者来说，它会是生活本身。

"活"到什么境界，"写"就到什么境界。

写作的过程，是写作者逐渐提升、完善自己，使自己成为一个真正意义上的人的过程；写作的意义，是把成为一个真正意义上的人的过程里的种种传递给读者，让他们的生命生出光亮。

诗歌写作的难度，不在于语言和技巧，而在于写作者自我的人生书写。如叶燮《原诗》中所说，诗中见诗人面目是极高的一重境界。而此中难处，不仅在写作者是否有呈现自己面目的意识和能力，更难在，作品中呈现的写作者是否是一个真正意义上的人，是否有足够的胸怀、学养、识见、人格魅力等，可以让读者愿倾心，愿追随，愿于思想中与之促膝相对或仰望。

不是所有的诗歌写作者都是诗人，不是所有的写作有成就的被世人称为"诗人"的人都是诗人。

我一直固执地认为，普遍意义上的诗人，是在创作上有着一定开拓性，有着整体成就，具备一定积淀、修养和情怀的写作者，而本质意义上的诗人，则是有着一批水准恒定的可以流传后世的作品，在思想、人格、节操、骨气等方面，可以影响后世的人。

机器人，永远无法成为这样的人。

最近，和两位性情相投的诗友有着同样的感觉，在诗歌的宇宙里，自身越来越渺小了。

如果，有一天，离诗人这个称呼能近一些，那会是我的幸运。[Z]

特别推荐
SPECIALLY RECOMMEND

29 《诗同仁》诗选
康雪 霜白 城西 徐立峰 严彬 一江 汪诚 张小美 窗户 夏杰

32 《简》诗选
宇剑 黄玲君 敬丹樱 记得 张洁 吕小春秋 卞云飞 徐天伦 赵家利

35 《卡丘》诗选
黄明祥 杨政 周瑟瑟 李成恩 林忠成 吴晓

38 《圭臬》诗选
易杉 黄啸 钱旭君 李龙炳 张凤霞

41 《37℃诗刊》诗选
帕男 蓝雪儿 普蓝依 冰灵 楚小乔 千里孤岸

44 《未然》诗选
田晓隐 张洁 赵庆文 胡从华 刘晓蓓 李默 陌峪

47 《佛顶山》诗选
陈德根 张伟锋 安然 弦河 何永飞 李博文 非飞马

50 《十一月》诗选
索耳 伯竑桥 姜巫 上河 火棠 午言 息为 颜雯迪 张伟

53 《青未了》诗选
木鱼 孙念 李晓 杜仲 王冬 赵燕磊 柒叁 吴猛

56 《湖南诗人》诗选
洛夫 罗鹿鸣 胡丘陵 陈群洲 李镇东 李霞

《诗同仁》诗选

墓志铭
康 雪

很久以后,才觉得这是个好地方
梨园的小路,在黑夜里像铺满了雪。
周围无数梨子成熟的声音
夹着战栗。我清楚地看到了它们
——死亡就是缓慢地
向甜蜜靠拢。
可为什么恐惧?每一条夜路都抵达
被伤害的自己。
但当真正地沉睡,墓碑也像落满了雪
所有经历的痛苦,都变得朴素。

界 限
霜 白

只有浪花击打着河岸
只有不安分的翅膀冲撞着牢笼
只有深爱着的人最孤独
他和她忍受着被割裂的阵痛
他们在彼此的映照中找到自己
只有病疼敲响了一个人身体的钟声
热烈的心摩挲着衰老的冰凉
岁月在给灵魂加码
它丰富着,喧嚣着
拍击着肉身的疆域
这宿命的界限,这冲不破的樊篱
那广阔而无限的神秘之物
牵扯着一场场冲突和暴动

一次又一次的较量
一首短诗又在形成
他反复修建和布置着词语的边境线
身体之茧下沉
他用他的一生在上升

惦 记
城 西

他们谈起你的时候
我无动于衷
我起身,离开杯盏的包围
拂帘时多了些醉的痕迹
多年以前,是啊,多年以前
我好像努力地淡忘了
我已不再年轻,不再
攀着春风,急急追问
我只需要片刻安息,闭上眼睛
星辰仿佛在倒流,仿佛
从来就不曾改变

半生谈
徐立峰

经常,在我挣扎了半辈子的桌前,
我写人生的无意义。

借助一扇窗户,
观察天气,及远处山势
无尽起伏里的绝对。

感到一切皆有可以阐释的余地。

四壁环绕我。门，书籍，
灶台、炒锅和水池，
刀面上，蔬菜的青汁拼成的图案
——都在命令我安静。

深居于此，我饱尝
钟表里漫长的旅程
每天赋予茶水和玄想的苦味。
是啊，这多少有些伤感。

有时爱上自身的孤僻，
没什么理由，初恋那般纯粹。
清风那样顺从自己的意愿。

有时听音乐。把巴赫
塞入锁孔，试着化解日常的荒诞剧、
悲与哀，集散无常的形式。

有几位挚友，住在城市各处，
为生计各自忙碌、衰老。
各自搬运着各自的货物，
忘掉才能，更加认清各自的处境。

唯酒后状态最佳，暂时
摆脱了镣铐，自由出入
彩色的童年。肯定或否定，
满饮虚无之杯里让人耽留的部分。

醒来，听到繁星与山脉。
未尽的时日多么开阔。
睡在我身边的女人呼吸多么沉稳。

乌　鸦
严　彬

爱伦·坡并不想杀人。他的读者中有庸众、圣徒
　　和凶手。
乌鸦在午夜寻找死者的音讯——哦，不，是尸体
　　的香味和哭声。
为一个多嘴的舞台剧批评家默哀吧！死得其所者

不算无辜。
为一个杀死舞台剧批评家的凶手默哀——谁也难
　　逃一死。
愿他尽快找到有纹身的女佣，偷看继母束胸掉落
　　的抄写员……
悬起钟摆切开侏儒的腹部，愿他死时喷出红色地
　　图。
在一个浓雾升起的早上，市长的化装舞会开始
　　了。化装舞会
每个人都有跳舞和接吻的机会，直到夜色降临，
　　敲门声没有响起
谁又能真正关心自己的命运？下一个死者是谁？

爱伦·坡并不想在油灯下杀人。他的读者是女佣、
　　抄写员和市长千金。
乌鸦在午夜寻找死者的喉管——不是约翰、爱丽
　　丝、卢克和布莱丹。
不是任何人。
是你自己。

一只乌鸦口渴了
一　江

举起手
那些粉笔字簌簌落下
时间被一遍遍擦去

唉，一只乌鸦口渴了
到处找水喝
你带着孩子们齐声朗诵

其实，你就是那只乌鸦
捡小石子或者小树枝
等水，爬上来

山区是个巨大的瓶子
你捡了二十年
还渴。

一只乌鸦在暮色中
成为被忽略的
一部分

灵 魂
汪 诚

殿堂里。我用一扇水晶般的镜面
复制了一个自己
在钟摆自由的区域,我攫取了
七十五分之一的领地
安放自己

我发现。自己像一尊泥土罗汉
一转身,头颅就会掉下

洪 水
张小美

洪水从围栏里放出来之时
鱼的眼睛忽然睁开。奔逃的人民
被大水追逐的人民,往返于另一只眼
静静的注视中。

太快了,从崩溃到重建。浪花急于拍打
用喧嚣抚平喧嚣。
亲爱的,我们经历的创痛都是这样
来不及死,就已被光荣地生。

为一个美丽新世界
时间远比洪水更急迫

赞美诗
窗 户

一个人沉默久了
就不想再说话
就像不说话

也有很多声音
就像寂静无声
也有很多话

一个人走太长的路
路就会替他走下去
就像火车停下来
铁轨还在飞驰
船靠岸了
水依旧勇往直前

一个人
有时就是一世界
就像一片叶子掉下来
就是一位亲人离去了
而他哭了——
月亮就是他的一滴泪

庭院深深
夏 杰

扫帚不停打起哈欠
一盆水摇晃着,从梦境睁开眼睛
满口白牙吃完了黎明最后一点力气

或许,用尘土展开想象会比较好些
院子穿好衣服
这些近乎隐匿的触角,使母亲飘出一天的图景

时光还是有些用处的
炊烟拔高了诸多的可能,谁的一声咳嗽
特制一段撒娇,使黎明增添一道皱纹

哦皱纹
如弄堂或者,炊烟,几十年修缮
会突然间,浑身乏力

以上均选自《诗同仁》2015—2016年度诗选

《简》诗选

钗头凤　　　（外一首）
宇　剑

杨柳一发不可收拾，风卷残云乱抒情。
飘飞的絮加离人的泪，单身狗如我，三年矣。

这是一个多情如南宋的时代，这是一个
相爱又不能结婚的时代！古城墙下
捉刀的老艺人渐次逐夕阳而去
如同这古老的城，终将凝结成一座遗址
春风不度桃花。
今朝的陆游在护城河畔望着一群短裙的唐琬
如过冰河，如坐针毡

步飞烟：一只蝴蝶死于晚唐

江水峥嵘。这世人仅存的道德是忠于内心
一只蝴蝶的死，
必然在文人的辞藻间引起轩然大波
晚唐的一只蝴蝶和一片树叶的相似命运
决定了你
是否在法律的杖下逃匿或生存

江水峥嵘。活在难民世袭的今天
我怀念每一个扑火的飞蛾，
每一个年轻貌美的步飞烟

平安夜
黄玲君

最早的圣诞平安夜
属于卖火柴的小女孩
留下的寒冷和悲伤
那些年，你的手上空空
这些年，你在空的手上，积攒光芒
进入属于你的
那些夜晚
当你终于，如愿回到旧地
空的手轻易穿过厚的墙壁
甚至，一个影子
也能穿透那奇异的地方
终于，多年之后
你拥有了一些自在的感觉

安　静　　　（外一首）
敬丹樱

大雨后，一个闪着光的下午
像一座静静的车站。
我在一小片梁树林里
经过，停住。
草地有清晰的泥土味和雨水味。
周围湿漉漉的，
夏天的肉体
让我想起某一个时刻的你。
有几只鸟飞走了，
仅一只叫了几声。

树林里，所有的门关着，
内部的声音等待着
我离开吗？
几滴在树叶上逗留过的雨水
淋在我的头顶。

光和光里的事物

它无声。它站在
我前面的那个地方，
自上而来。
我正向它靠近。
它好像不怎么动，
和照临的事物，
一起努力保持原形。
光的内心有什么，
我只能试着猜想，
而如果凝视就进入虚幻。
除草机在草地上突然震颤起来，
我注意力分散，
开始关注消失的草。

走进阳光

记 得

昨日，那蝉褪去的躯壳还趴在树干上
粘着湿泥，制造勃勃生机的假象
一面顺从一面心怀鬼胎
时刻准备留下最后一瞥
我们自以为是故人，举杯喝下酒精里的咆哮
无人邀月，多么值得纪念的日子
多么值得爱的日子
一地麦秸，是锋芒倒下了
一地鸡毛，是谁都有权保持的沉默
当有人质问我时，我又该如何回答？
漂泊的人有着光芒万丈的心
走进阳光，就是走进更深的阴影里
我们必须要感到幸福极了

胡不归

张 洁

只一步
我将从秋直接跨进春
从果实回到花心
我将捧出果核内剥出的种子
呈给花看
给叶看
给老树皮和新嫩枝看
给刚刚揉完睡眼打着哈欠的
根看
只一步
我将抖落皮肤皱褶内的盐
（就像忘掉那些额外的爱情）
把蓝天出让给灰霾
……白云不动，而我已飘远

老　了

吕小春秋

终于可以腾出双手，摸一摸
旧时光

山峰，密林，青草
这些平躺了几十年的寂寞
适时获得解放

瘟疫，战争，车祸，屠刀
它们全部顺利躲过了害怕
隐身未来

接下来会发生一些什么呢
还会像从前一样爱你？
决意养一尾鱼，跟它成为最好的朋友？
遭遇一场大病，再重新醒来？

中风，瘫痪，耳目失聪
在一场突发事件中所有能力丧失……

再也唬不住我了
我老,但不是白白变老

孤独是一枚月亮

卞云飞

今夜,孤独是一枚月亮。
从都市的丛林出发,
它使劲向天空攀爬,
——这是它唯一的出路。
它爬过路灯,爬上京城最高楼,
并超越它。
它继续爬,直到挣脱一切雾霾,
爬上星空,熠熠生辉。
今夜,它不再属于人间,
它要远离人类——
地球上,有狼嚎,它不再发声。
今夜,它爱上所有荒原之兽。

爱晚亭

徐天伦

秋风,吹皱了湖心的波纹
晚霞的柔光染红了爱晚亭

爱晚亭,如一位温文尔雅的女子
给了我一种安静
风拍打着树叶
像是你在我耳边的轻声柔语
又像是古今文人的妙笔佳句

爱晚亭,似一个质朴勤劳的姑娘
岳麓山潺潺的溪边
我总会见到你挑水的身影
红叶飘落在地
像是你不小心被树枝刮破的伤口
又像是你一路走过的忧愁的足迹

爱晚亭,请让我用温热的心靠近你
分担你的忧伤
分享你的故事
我愿做亭下那块碑石
朝来夕去,只为与你相伴永远

路 过

赵家利

路过崇高、伟大和激情
路过卑微、渺小和阵痛
路过和风骀荡日朗云清
路过青山肃静、江河奔腾
路过波诡云谲
风生水起

路过花朵上坠落的泪滴
路过空枝上悬挂的叹息
路过淡泊的天堂
路过喧嚣的尘世
路过老年合唱团的雄浑
也路过童年唱诗班的曼妙销魂

路过北京、上海、深圳
路过成都、乐山、都江堰
和一座名叫映秀的小镇
路过黄河、长江、珠江
路过岷江、青衣江、大渡河
还要路过一个幽深的梦境
十三亿束火炬穿透冰川的幽静
远行的人们重新焕发了活力
他们大声谈笑、欢天喜地

以上均选自《简》2016 年创刊号

《卡丘》诗选

星空之下 （外一首）
黄明祥

我在梦中闯入平原。源自一条小径的宽阔
归于狭窄。当被浓雾惊醒
一个荡妇纠缠在树林。河流不能汇入大海
它迷失在无可节制的路线里。漫山野果
郁结着腐烂的气息。风吹不动对面高楼的
满壁灯光,像开凿在夜色里的佛窟
仰望一座无声的堤坝,听见蓄积的蓬勃
轰鸣包裹的轰鸣在街道上滚动,时远时近
唯有深处寂静。次日像吐出的一颗核桃
吞没的错乱已经呈于表面

晨 光

窗外的鲜花,大地的鼾声
哑石不会在想象的枯萎中苏醒
他躬身于天空
此时,火苗击穿了脊背
有人从一口凉水缓过神,踢踏着
转入中途

芥茉坊酒吧
杨 政

横跨两个词的夜,抵达或离去的必由之路
芥茉坊酒吧的小阳台,月色腻滑,人影薄脆

一个词正尝试出发,像一片晓风从他唇边飘起
另一个词保持聆听,她克制的模样宛若花园

她突然为一次钟情哭泣!酒杯倾覆,滑落的元
  音
刺耳,被泪水濯洗的眼眸清亮而激烈,他看见

一个词敞开了,另一个在起劲地婉转
一个词点亮了,另一个则颜色稍暗

"真糟糕,这歇斯底里的痛就像宿命"
"而爱,爱只是一次不知所终的旅行"

芥茉坊酒吧的小阳台,夜莺刺绣着花好月圆
孤峭的云中君,谁也瞧不见地甩那浩渺的水袖

土著男孩 （外一首）
周瑟瑟

我以为他是女孩
他长发披肩
与我们一起坐在台上
话筒轮到他时
清脆的童声响起
土地土地
我家乡的土地
肥沃的土地……
孩子一身白色衣袍
这几天我在
餐厅和电梯里遇到他
游击队诗人已经消失
是否已经返回亚马逊丛林

土著男孩跟着他的姐姐
在我旁边的餐桌上喝汤
他棕色的皮肤
明亮的眼睛
我总是觉得
有一颗宝石
在我们中间闪烁

细雨中的孤儿

群山埋伏土匪，细雨淋湿了
孤儿。风吹十月最后一天。

我的孤儿裹紧红色塑料雨衣，
他拥抱的是一个虚无的父亲。
想起父亲的遗墨：诗硬骨。
在湘西，我窃听到一个父亲的
尖叫，墨汁淋湿了孤儿。

当孤儿嘴里吐出："匕首"与"敌人"，
我今年所有的爱都是土匪的爱……

看　戏　（组诗选二）
李成恩

林黛玉

如果你不孤独，世上就没有了孤独
如果你不好看，世上就只剩下了丑陋
咳血的专业户，半抬起身子
那身子是由身子骨组成，一小截就是一首诗

一小截胜过人家整个身子
一个人的命运只要轻轻一咳

轻轻一咳就足够了
足够让你心碎，让你徘徊到天亮

天亮了雪落大地
雪落在妹妹的肩胛骨上

粗糙的锄头也是罪过
压在妹妹的肩胛骨上

葬花的事业成就了美人
一滴泪珠照亮了尘世

贾探春

三小姐你的芳名
你刚烈的性子深得我心

做人就要做探春这样的人
做女人另当别论

你当众扇了王善保家的一巴掌
此事深得我心

文明的女儿关心国家大事
耳光的响亮印证了玫瑰花的诨名

大观园的改革动了红楼春梦
失败是必然的

我申请加入海棠诗社
但不加入非虚构的朝代

发表"百足之虫论"后
你远嫁海南镇海统制周家

周家好过贾府
才女融入海疆戡乱

当　心　（外一首）
林忠成

要当心乌云把你的内心垒成一块堡垒
要当心树枝里的水把你的眼神冲到林子深处
要当心半夜的敲门声
会把你院子里的井偷移到某人的后半生

要当心路灯下的哭泣
会把你的船开到回不来的港湾
要当心十年前的旧信
会把你的炊烟引向一片神秘的小树林

要当心讨水喝的异乡人
会把你的绵羊统统拐走
要当心窗外的眼神
会让缸里的金鱼成为大海的回声

失意者

一个失意者深深跌入秋天，回不来了
雨在人迹罕至的山谷下着
一队士兵走过大街，向一个用旧的词看齐
一个内心被垒得太结实的人一出门就摔跤

秋天变深，可以埋很多东西
埋在瓦砾堆的石头在一阵雨后会发芽
阴雨连绵，失意者把自己深深埋在房间

父 亲

吴 晓

父亲是面镜子
一面浓缩了的屏障储存着冷静的历史
很远很远的风景线里
是丘陵的起伏梧桐摇曳的村庄
无影子的天空下诞生着声声寂寞

一条先人用筋脉铺展的道路
在褐色的泥泞中勾勒出你挣扎着露出狰狞的
　脚印
阵阵叫卖声吹拂着父亲最初走出那片寂静
走出一片荒凉的金色
那一年的风和雨告诉我
你十二岁。奶奶古色的期待贴在簇新的黄色
　泥墙上
这一切是从一条细深的裂缝中默读到的

你在打铁
许多铁的细节覆盖了一层又一层日子
是水的我已谙熟铁的芬香
我是父亲用铁的精液浇铸的孩子
父亲你是铁。铁的冰凉铁的火热
我一颗被冰死的心无数次地烧透复活
酷热的泪水蒸发了唯一不再孤独的童年
流浪了半生。凝固的记忆
变成了我胸前的护身符
骤雨后一个无太阳的日子
父亲拖着全家也做了都市的游民
丘陵的家好远好远是一颗黑点
泥土构成的温馨留下了许多空洞的回忆是我
寂寞的新鲜的一页粉红

铁是黑色的我的家也是黑色的
父亲你用黑色的骄傲支撑着大锤火炉虚构的家
铁色的梦在炉中焚烧冶炼
一直很久很久

以上均选自《卡丘》第 6 期至第 8 期

《圭臬》诗选

倒春寒　　　　　（外一首）
　　　　　　　　　　易　杉

你要把心放低一些，
听见树叶
与昆虫的触须
慢慢适应寒冷与燥热的交替。
习惯尖叫
和忙乱的手脚，把死亡的美
演奏得天花乱坠。
与陌生的事物一起
等待光阴
成为梦幻与病痛的护身。
熟悉的事物，比如
女人、水塘和一夜繁星。
它们过于娇嫩，
忽略一个人对另一个人的鄙夷。
气温时高时低，像病人的情绪
低于事物的平均。

倒春寒，正如思想过敏，
一不小心误入疑难杂症。
夜晚，是不是要装备石头的肺，
或者词语的报警器。
倒流的，才会是一江春水
或者岁月那尖锐的刻痕。

春天的舌头　链接黄昏

已经是三月
老化的白炽灯在水泥柱的走廊
照冷我的影子
我的全部陷入一片漆黑
伦理的黑
比春天的烂水塘黑百倍
但它孕育了
伤口的莲花和灵魂的块茎

春天的舌头，链接黄昏
这雨说停就停
像一个人的影子，说没就没
关闭夜晚，轻易地感冒
和熟悉的人分开
训练无聊的老光，如何
面对衰老、疾病和生锈的钥匙

蛋壳原理
　　　　　　　　　　黄　啸

既然缺乏最起码的鸟类知识
我们认不出这是何种鸟蛋，
就允许它有丰富的可能性——
永远是未孵出的新鲜的幼鸟。

想什么羽毛就什么羽毛，
想是苍鹭就一定不是白鹭。
不管是什么，它的胸腔
都有一颗被星空震荡的磁针。

我可以试着描述蛋壳的颜色：
一圈淡蓝的光，像护着它的
一层细茸，月光下恰似湖水，
却比蓝宝石更有虚无的美。

它未来的形状，当然展翅于
空中，或在树梢严肃地整理翅膀。
此刻，它浑然寂静。像细雷，
在深谷缓缓释放它的回声……

六 月
钱旭君

空闲时，我们谈论天气和新闻
镜中的人渐渐在眼球上死去
而唯独，突然心还会一热
行色匆匆，一声叹息
所有时间的纹路都在刹那紊乱

二十几年的杉树上响着蝉鸣
一粒尚未发育成熟的种子
在七月的烈日下低头认错，持戒者
是清新的早晨，而解梦者
是漫天的晚霞

你我坐在月光下，倒退
看着前世、今生和来世
患得患失。满眼洗也洗不尽的
花花草草，只能不开口。

很多人一辈子都在喜欢你
理智承载不住情感的桨
以后，渐悟也好、顿悟也罢
你一直幽居在他人的伤口中
告别，永远不够用

一条蛇误入人间（外一首）
李龙炳

一条蛇误入人间
爱情有小小的烟火味和惊悸
传说只是一段流水，已经远去
蛇是另一段流水，留在了这里

它不想流动，想获得一种静止

我的有限的空间，适合于讨论永恒
或人性的温度
却不适合于它恒定的寒冷

我不得不抓住它，像老师抓住
一个早恋的少年
蛇在我手中开始变轻，几乎是一缕青烟
我在空气中画着弧线

我第一次有了晨跑的爱好
是和一段流水，一缕青烟
不穿运动鞋的蛇跑在了我的前面
去接受上天的庇佑

蓝花琉璃繁缕

多年以前，有人问我死亡的方式
哪种最美
我一直没有答案
主要是我对死亡不感兴趣

我当村长以后，从鸡蛋里
挑出的骨头
快速地向来历不明的文件渗透
三年中我修了二十五公里道路
十公里的水渠

有人悄悄在下水道里
放了一把射钉枪

我在田间漫步
偶然遇见了一种漂亮的毒草
新鲜得像恋人早上的厚嘴唇
困惑我死亡的问题
瞬间变得陈旧可疑

我想吞下毒草
获得兔子眼中的火焰
使死亡不仅仅是黑暗，还有一个美丽的词

对于绑在电线杆上的那一个贼
他偷走了一条河
农民因百年不遇的大旱不得不将他打死

途中 (外一首)

张凤霞

在孤独中向后撤退，
墙角抵到了脊骨。
从清晨到黑夜，
我读一本绝望之书。

舌头已无用处，
它加重心痛的频率。
那时，索洛韦茨基，
养不活未来。

现在，语言需要被翻译，
太多的人将在某个节气复活。
我在汉语的途中，接着
在你的外语路上行走。

我甚至不用手语。我知道，
你在某个时间活着，
我却在某个时间
死去。

时间无用。你已长眠。
当我醒来，不知道
我自己
是谁。

疯狂的直线

雨笔直。在乌云中
写下春天，
大地语言翠绿。

我独自在虚弱中
走向末页，低头捡拾
春末零星碎片。

万条腿，万双眼睛，
挨着我的脚，
如皮和肉连在一起。

即使肉体被埋葬，
它会长出皮肤的触须。
灵魂爬出来，

继续活着。
我并不完整，就像梦
有分离的痛苦。

死亡是条直线，它疯狂，
无限。好吧，古拉格，
我们谈谈。

以上均选自《圭臬》2017卷

《37℃诗刊》诗选

行走间遇到一片叶(外一首)
帕 男

横陈的一片叶子　没有让我想起什么
也没有必要
给一片叶子那么多的含义
其实就像老死的人　或许是灵魂伪装不下去了
就只想着要抽身逃离

秋这个东西　而且是晚秋　早就奄奄一息了　但
　　未必
像鸟之将死　其鸣也哀
叶的离析
也只不过是在营造秋天崩殂的舆论

行走着　如果遇到了这片叶　根本不用惋惜
由他
但也有个别的叶子
是含恨离去

制作一条路

我在制作　一条路
这条路　必须
穿过一片森林　再穿过一片草地
这条路　必须
无休止地延续

这条路　一定是苍凉的　不跑一匹马
被发配的人
很少选择自己制作
还带着旧的日历

这些包袱

这样就不会漫无目的了
或远处
也是虚无的　但需要这样一条路　虚实结合的
一条
路　不容半点更改

选自《37℃诗刊》2016年夏天号

诗歌在春天醒来(外一首)
蓝雪儿

很久没写诗，一直在找寻春的路基
桃花落草多时　恣意风情
一夜春风渡过　允许自己偷窥
蜗居的暗喻盈盈生动

那些因我而散漫的诗句　凝聚于春的眉心
撑一根黛影　把郁结的心绪荡开
一座城邑在嫩绿的柳色中复活
我的劫数舒展而柔美

越过冬天的事物
重新面对辽阔的芬芳
锄头和种子相伴而来
种植一行又一行鲜亮的诗句

这一夜没有水声

希望恢复芳香温软的草木

现实拥挤　语言低眉
情节衰败　掠过黑夜
纵情奔突

我的悲戚　源于对雨的极度渴盼
绿色　正在钝化
十个太阳同时开放
把天空掀翻　还是蓝得纯粹

这一夜仍然没有水声
我暗恋的笔尖　枯萎失语
彻夜难眠的人　还在虚构情节
你们就在一块玻璃背后造梦吧
让意外之雨　突然降临

从春天开始失明（外一首）

普蓝依

从春天开始失明
花就开在我摸得到的地方
窗台，旧藤椅，收音机
茶杯边沿和一只猫的耳朵尖上
深一脚浅一脚

而风也必是饮尽一蓬蔷薇，半坡荼花
暗合我眼中黑夜的酥软
慢慢加深整个身子里
蹲在地上那部分的斑斓

我听清了
一片最小的阳光
含着苞
微微鼓起桃唇
忍着小欢喜
像正在走过来的一个旧人
轻易地
我摸到所有死去的形态都活过来

请　求

此刻醒来的，干净的四野

请嚼着草，像嚼钻石上的光芒
能阅读，能开花
让那些藏在石头里的额头
提着灯盏，回到密集的寺庙

如果没有嚼到钻石上的光芒
嚼到黄沙，那也要感谢饥饿的天空
留下了星斗，抬头就看得见
自己在自己的命里磕长头

四野要是继续醒着
那嚼嚼风，嚼嚼摇晃
嚼嚼嚎啕大哭
嚼嚼最后一次相遇
实在嚼不动了，就让
云朵跪在地上
请求穿红色袈裟的僧人
赐一个完整的灵魂
继续爱着人间

秋　悟（外一首）

冰　灵

雷声如一串串鞭炮
炸开天空，也炸开大地的堡垒
潜伏的马匹挣开绳索
驮着季节奔跑

雨滴弹奏的琴音
平复夜的心绪
失眠人怀抱秋风
想象着菊一般的女子
吟诗而来

与一朵莲打坐，倾谈
用所收集的雨水和彩虹
调制出另一种秋光
灿烂整个山河

影子对影子说

陷入夜的怀抱
黑与黑对峙
失眠的人在指针上奔跑

从魔盒里跳出的童年
光着脚丫,用星星描绘
时间的五线谱

一弯新月遨游天际
窗上的微笑闪着幽光
灯花落了一地
只有影子对影子说

夜读李贺
楚小乔

落魄少年,
被报国的远志,一寸寸
删减了命途。从洛阳到长安
磨骨为墨,遇见神灵
在颠沛的路上反复走失
他将自己放逐到
离月亮最近的地方
唱悲歌,念往生咒
用诗与酒,温养一只呕血的兽
他试图靠近

掰开断齿,缝隙中隐藏真相
那时月光太凉,酒太烈
他衣袂单薄
脚印遁在一道隐晦的坎后
风卷起比命稍厚的诗笺
像极了七月遍布人间的白钱。

以上选自 《37℃诗刊》2015年创刊号

林风眠的一幅画
千里孤岸

黑夜有一千只眼睛　三百舌头
这个印象在我学油画时味道最浓
黑夜在稍微有月亮的时候是一湖冰晶
是林风眠的一幅画
画面上整晚上飞过银色的天鹅
一只沉默的蜘蛛从天空垂下蛛丝　在梳妆台前
我盛装的爱人坐在孤独的房子
她是细眼睛的工笔仕女
她正玩味她自己在镜子里的影子
过去跟她有一个漫长的古典式拥抱
她大红的衫子里隐藏着三分之一个晚唐
展开来是一个扇形　一扇子能把萤火虫全部吹远
若画中银色的天鹅上空再有一两星点
我必跟人说起一条大河　水边的人至今默默无语

选自 《37℃诗刊》2016年春天号

《未然》诗选

各有其土　　（外一首）
田晓隐

当你对我说各为其主，油菜花退回相框
蝴蝶跌落日历
你我退回各自的幽暗。各有哭泣的泪点
我在我的国度修筑孤堡
烂泥巴糊墙，把自己糊了进去
听不见你在你的疆域对爱发号施令，判斩立决
六神无主，各有其土

暮　晚

薄暮轻掩一碗陡峭的稀粥
鸟掠过
薄暮和稀粥同时裂开
我在裂缝里看见很多张脸
来自乡下
脚底携带黄泥
遗弃的谷物在黄泥中行走安稳
落地即是成家
在一碗稀粥里我羞愧于自己已经发福的脸
而飞鸟投入暮色
沙哑的鸣叫声是喉咙里一粒种子的挤压

末　　（外一首）
张　洁

为何蹲在远远的树梢，为何
你的口中只啾出单音，为何警觉
倏忽飞离

我不是一个好的发言者
一个好的发言者，不会总在瞭望，替听者辩解
为对方寻觅更巧妙的说辞

嗫嚅着，想给牡丹一个建议
不要开得这么没命，不要
你的花已经大过我的心

我要开，我要开，我活着就是为了开
开花如盘，开花如碎

春风是怎样浩荡的

敌国之间首航的破冰之旅
挣脱，激荡；沉下去，浮起来
潮涨之时，一半的阳光加一半的水

夜间有噼里啪啦的声音
在这里，在那里，惊醒同一个人
惴惴不安，蠢蠢欲动

扁平的剪纸复活了，走出了一队队新生的人
众星在天空疾速更新位置
很多事情我都无法目睹，但春风是浩荡的

荒野客栈

赵庆文

荒野客栈
野月也曾是家园之月
为一张娇美的脸着色,铺上细粉
并烘托那精确的面庞。
艾蒿丛生的荒野
风流离失所,因它居无定所
昨夜的盐商因消失仿佛不曾经过。
(轮廓宛如轮渡,托举中一点点消融如风的回声)
而恐惧会增加一个匆匆过客的饥饿感
他铤而走险——
他热爱断臂的缺口,将转身把影子带走。
鑫斯弹奏穷途末路之哭
或许无数次走过贬谪的官人
奈何以酒当歌
一个小小的装饰音
像极了一束极为柔和的火苗
就出自一盏小小的挂灯——
一盏小小的挂灯
耷拉在风烛残年的屋檐下
为日月摆渡
把背景以及守候
又一次向前推进
或拉向身后。

停

胡从华

看到一个"停"字,我突然想流泪
很多时候,我想停
却不能停

有些时候,我可以停
却没有停,仿佛有一股无形的力量
推着我往前走

你看那漫长的人生驿道上

长亭连着短亭,不言不语等着
一个个赶路的
背景音乐是首循环播放的
优美而感伤的歌

当身边一些人,再也不走了
靠着长亭或短亭
永远熟睡了,杯中些许残酒
映着夕阳,娓娓的余音袅袅

我无法想象,仓颉造字时
夕阳,是否在他凝重的脸上
稍稍停留
而他,正孤独地,从长亭短亭走过

一只橘子的价值 (外一首)

刘晓蓓

橘子在秋风中颤动着外衣
它可以自己脱离枝头,滚下
山坡。当一只成熟橘子到了一个
贫穷老人手中,它的价值就有了提升

寒风刚起,雨就来了
手捧橘子的老人被十字路口的红灯拉住了脚步
也许寒冷,老人不停颤抖
而橘子就是这样离开老人的

它像在山坡滚动一样,滚到了
宝马飞驰的车轮下
这一幕就发生在黄昏,老人站在风中
像一棵行将枯萎的橘子树

雨越下越大,风犯了口吃病
我看见橘子的蜜汁,顷刻
被泥水之口吞没。仿佛这尘世
相互纠结的事物

往 事

一条鱼的尸体弯月般晃动

在我鱼竿的正前方
落日的光芒推移着水纹
在为那条鱼开路

突然想起多年前送奶奶远去的途中
父亲憔悴的面颊
被汽车压翻的石子
莫名击中

一种无法形容的恐惧像即将落下的夜幕
我匆忙收起鱼竿
我担心那些送行的鱼们
被闪着寒光的金属刺穿悲伤

雪落在暗处

李　默

天空吐出最后一朵火焰
西方已坠入深渊
一些玉被碾碎　不被接纳的黑
暗处的块垒　烙在雪身上
隐匿　破裂　痛感的美

你活在镜像里
花朵与尸骨并存
再没有一只鸟可以羽翼完整地落下
当所有的食物被果腹
你藏起体内的　雷霆

因为贫瘠　你的眼帘低垂
那些风暴　细沙　盐粒

高高举起的翅膀
城池　江山　姓氏
千帆过境的　雁鸣

你体内有花田万顷
这致命的状景之物
空落得就要溢出来
伟大的活佛呵　仍在天边
而洞开的墓穴　不请自来

不明真相的人
嗟叹一场破碎的蓝
你怀抱的河流不是真的
像烟花的拂尘　无以招展
像光阴的预谋对着婴孩
假扮着鬼脸

白菩提

陌　峪

傍晚的光线
柔软的。匍匐的紫藤
很久以后
我们并不能在夏天相认
我看见你睡着的样子
像看见猎豹在饥饿的沙漠中
像冬天无法醒来
与春天相认

以上均选自《未然》2017年卷

《佛顶山》诗选

命 运

陈德根

一根从车厢掉落下来的木头
让我遇到,注定它比同伴幸运
它将重新拥有未来和远方

森林里的那段岁月
让我们内心澎湃
我可以使它成为刀柄
和屠夫一起
在磨刀石与案桌之间
过咬牙切齿的日子

我可以使它成为餐桌
支撑一家人
四平八稳的生活

我可以将它投入炉膛
想象它热血沸腾的瞬间
仿佛勇士就义一样悲壮

它在我手上
你们不知道
给别人安排命运有多难

在临沧 (外一首)

张伟锋

她说天亮了,我就起床
她说花开了,我就去看一看
她说澜沧江很壮观,我就把脚伸进去
搅动水流,溅起浪花
她说怒江蜿蜒,我就去触摸
它的每一寸肌肤
她说佤寨的夜晚静悄悄
我就在月亮升起来的时候,轻轻唱起情歌
我爱你,也爱临沧
不分彼此——我此生不会离开它
我也不准你告别
我们一起在临沧晒太阳,吹微风
一起爱,这里的绿色土地
这里的温顺时光

乌木龙

乌木龙的水流,清澈见底,石头、泥土和沙子
常年蛰居其间,从不迈向河岸半步
有清风撩动绿色的核桃树,叼着烟斗的俐侎老头
穿着黑色的衣服,坐在黑色羊群、猪群和牛群中
旁边嬉闹的几个孩子,也清一色地身着黑衣黑裤
他们从生活开始出发,朝着命运的尽头走去——
斗转星移翻阅的是千秋万代,但白云和蓝天喂养的高山
不曾摇晃,但深陷于低洼处的人们,不曾凄凉和迷惘
远处茂密的树林里有清脆的歌谣传来
放牧者挥动鞭子,用几声嘹亮的调子回应后
把牲口赶进了炊烟袅袅的村庄

爱你之前 （外一首）

安 然

爱你之前，我积攒春风和玫瑰的红艳
我躲进小楼，让草木陪自己生长
我对着镜子，仰望天上的白鹤
那时，我不扮真心和假意，对野花
充满怜爱之心，我会把小小的心意
留在爱你之前

你这个笨人，别指望爱你之前
我会爱上酒鬼、野心家，或好色之徒
他们爱发火、爱骂人、爱把
日和月说成是自己的
他们不是你
说真的，爱你之前，我已学会穿针引线
露出小小的牙齿，咬住手指
我已一个人很多年了
爱你之前，我不会再爱上别人
我对你，要省略多余的……
你要知道，爱你之前，我是静的、温的
一直在远方望着你
我露出了浅浅的笑，因为你来了

一双人

就像现在，我们不再说爱
我们偶尔争吵，把杯子摔在地上
把一扇门踹开，再用力关上
我们把所有的怨和厌都摊给对方
就像现在，我们心平气和
用幽默、含蓄、打趣的方式
我们也偶尔撒娇，对准左边的剑尾鱼
来日方长，我们
已经省略说出海枯石烂、举案齐眉
我们唯一会做的，就是
把米一遍遍地淘
把锅里的菜翻来覆去地烧
把衣物穿了又穿
是的，衣服旧了也要穿

东西坏了也要用
我们总要把日子过得风平浪静

草木书

弦 河

看见花草就感到亲切
碰见松软的泥土就感到踏实
这是孤独的花园，我向往太阳的炙热
也欣慰昨晚静默的星辰
你说那太美了，不适合我
因为在一个地方停留太久
而忘记应该去向哪里
额，因为你要走，而不是我要留
秋末的风才吹得更寒烈
我踩着江南的落叶。那是等十月小阳春
仿佛为一次错过的相遇，我才听到有碎落的声响
仿佛沉默的寂静中
堆满了假装睡过去的生灵
我正试图谴责它们
伪装在无人踩踏过的路上
被踩碎了骨头
才发出活着的疼

度化柏树

何永飞

在大姚的昙华寺，生与死的距离
只有一页经文的厚度，一棵柏树
它的母亲是一位神仙，父亲是一名魔鬼
它降生于天堂与地狱的中间地带
佛广施仁慈，从它右边的身体
注入阳光和善良，魔不甘示弱
从它左边的身体，注入黑夜和凶暴
较量数百年，依然没有停止
在魔驻扎的一边，它的血液全被抽干
在佛守护的一边，它的欢笑染红山坡
来到它旁边的人，感觉身子一半热一半冷
热的部分，驾驭着木鱼声和香火味
从死走向生，冷的部分，被魔咒绑住

从生拖向死，寺庙的围墙外，埋着几具尸骨

生　命 （外一首）

李博文

这么些年，每一次抒写都小心翼翼
避开那些浸入骨血的过往

你说失去和拥有都是花谢后多余的露水
我决定把我的下葛宋刻在寨子外的水田里，只有
　　八秒记忆的鱼
就没有必要企图恢复记忆

用了太多的夜晚，写了许多无用的文字
寨子外那匹从春天跟我到冬天的马，骨瘦如柴，
　　今天
我把过冬的粮食全部翻出来撒在荒野
吃饱，喝足，他要再次上路
我不会与他作别，只是把头裹在宽厚的棉大衣里

母　亲

转过身去，母亲坐在老宅院里剥刚收回来的毛豆
老母鸡带着她那群孩子偷吃了晒在院坝的陈年稻
　　谷，被母亲
吼得四处飞散逃开，厨房里飘出烤玉米的香味
天依旧蓝，云也很好看

上帝的消化器

非飞马

鸟儿吃下谷粒
吐出歌声
你吃下米饭
吐出什么

奶牛吃下青草
挤出奶
你吃下野菜
挤出什么

诗人吃下灵感
吐出诗歌
你吃下春天
吐出什么

春天，胃口大开的大地吃下种子、肥料、雨水
结出粮食、蔬菜、希望

只有火葬场一成不变，一年四季
它吃下悲痛和躯体，只吐出骨灰和青烟

　　以上均选自《佛顶山》总第五期"少数民族80后90后诗人诗选"专号

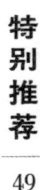

《十一月》诗选

跃越
索耳

在江滩边　我第一次从这个角度
观看这座河流穿过的城市,对你来说
同样是首次;你好奇的目光沿着水面爬升
结束于远方与涡流相反的巨楼图景

沿着岸边散步时,我发觉
你的步伐精准、从不急慢,直到
江心里两艘船的距离感使你醒悟
仿佛经历了一场激动人心的飞行

我们从不停止交谈,交谈就像是另一场
安静的日落。我们交换彼此幼时的记忆
城乡经验,漂流的欲望。我说,即便
身体日渐沉重,仍然能从河沟上方越过

在我尝试之前,你微笑、轻盈地思考着
我听见了你体内灌木生长的声音

给该给的人
伯兹桥

有时,酒后,她睡成一场落雪的样子
卧在我的旅程,作我蓬松的岛屿。
走下山坡,她以草木生长的姿态
散播桑榆的气息,而我以接近的方式避开
她和她新鲜的连翘。

听说江南过客已多,不差我一个
但我希望江南是一条小径,秋苇开在两旁
我打马的频率爵士乐般低,低到她
无从开窗。这样便封存了后来之事,免得
它们日夜漂流,散落在无人走动的冬天
而她,还在我体内,兀自做梦
一扇扇暗窗,深沉如路边风景。
有时,我忽然记起一位不停远走的女子
她曾是一首酒心的唐诗

后来
姜巫

他们离开了,沉默留在原地。
地上还有半截烟头。
刚刚发生在它身上的事情令它喘不过气来。
沉默吸食它。它们互相吸食。

记忆加速消耗,发光——
归于熄灯后的黑暗。

三三两两的声音从手指上传过来,
通过拐杖,通过砾石和灰尘。

你在他们留在你体内的路上和他们交谈,
一直走到尽头你的屋里。
你们继续交谈。

骑 行

上 河

夜色拍打低岸,盘旋的鹰,和桃花
落得更远。我们骑行,用地平线分割
世界,用身体中隐秘的光辉重新照亮
你:瘦削的背脊,几乎是一把弓。

放鹰台的风摇开湖面,也厮磨我们的脸,
而那守夜人早因剑气化作了岩石。他将醒来
将和众多的他一起醒来迎风赏月喝酒?
不过,这不碍事,变速器,已紧紧握在
我们手中,要屏住呼吸,聆听

轴心里的节奏。当你知晓坡度,舌抵上颚,吐出
"灯——":那字句显现,在远山如眉里,在激动
    的
钢鳞片上。就连深陷湖底的,也似乎登上了
这夜之蝙蝠,在他岩石般的托举和城市之光中,
我们缓缓刹住车。

喷气式飞机正撒下洁白的病历

火 棠

随便一把遮阳伞都能挡住天空和雨
中央空调和隔音墙却无法驱赶传道的蝉
远水源自近渴,圆满的爱情源自危险的孤独
如同光明与火焰源自眼睛幽深的嚎叫

小提琴上寂静的黑暗,被喧嚣的霓虹灯破坏殆尽
汽笛撕碎记忆,疾病总是鲜艳的颜色
望穿秋波,血和植物爬满了我们的身体和视野

你总是感叹人类建造的城市不那么美
你甚至跳进几米深的湖里去找什么云朵的海市蜃
    楼
而江滩的沙土城堡让你激动得想要住进去

你还说起风的时候我们一定要在水边许愿

亲爱的,哪有什么月光与雪啊
嘟嘟嘟嘟,喷气式飞机正撒下洁白的病历
地球上人手一份,谁都逃不掉的

抵达广州

午 言

从南移向南,潮气自海面
送出月亮,一轮我们无法擦亮的盆舟
沿地图向下,将纬度潜到此处
较高的积温终于占据上风
最先拾起的,无疑是洋紫荆和假槟榔
前者淡紫、硕大,活脱如音符
后者拼接成山脉,笔直、绵延,在
人行道上站军姿。这里全是色彩
一时无法理解的景象;它们
如何通过质检?又怎样叠成形状?
如果我们能把握整栋红楼,就足以
把握这座城市的腐烂、湿答答
和最直接的生长。那些滋滋声中
逸出的分裂活动,也像你我
一样卑微,默默在夜深人静的轨道上
艰难赶路。被轮胎磨平的滨江路
同样黏稠,但我们从未如此
从未在一条异域的水道上绝尘而去
三月的广州会替我们打理:
藏身茶楼,叫一份天鹅榴莲酥
不请自来的水汽秘密临幸,召唤出银鱼
美食令山河退隐,我们在勺子的
反面打磨铜镜;月亮,也在日间
渐次明晰。随之明晰的,还有
浮闪的返场票,和我们的未来时刻

该 隐

息 为

是我,因袭了天的诅咒,把血
和粮食贮藏。在平坦的田埂,
我用脊背供奉那不公的神。

弟弟,你的牛羊曾给过你慰藉,
而麦子只会在日光下发狂。
贪婪的胃早已牢牢束紧所有

肮脏的双手,凡地所滋长,
必先给它斩杀:从父母之命里,
我继承的只有——罪。是啊,

我的弟兄,你的血本不该流回
这贫瘠,你本该驻扎在某个
与神并排的地方。可我绝不会

将手指合十,摆出忏悔的低顺,
他借我之手施予你的,我用
永世的流浪赎偿。等这枚

惩戒的刺青完成,我会交出
我最后的献祭,在土地上立誓:
只将唯一的信仰放诸自身。

银河之死

颜雯迪

银河病了。
很难再看见月光和他接吻
曾经定义暧昧的玫红色星云
裙角并没继续燃烧
只是保持静止状态下苟延残喘
窘迫着,处于内核焦黑的迷惑

银河正在老去
因为区分不了黑洞和雨声
他踏不准水星和火星交集的轨迹
嘀嗒,咚咚
以疲惫的蹩脚为收尾
谢幕时那些被当作遗迹的时间
再也找不到一角用于安放的星辰碎屑

银河只是感到有点困倦

不断地葬在蹩脚的意象中间
却还是寻不到一具黄花梨的棺椁
还是不能体面地维持肃穆
肠胃里细碎的行星正忙于彼此征伐
不断地,持续着缄默并且发出咆哮。
银河哭了。他死不了。

就在我以为银河已死的片段里
有光杀进来。
漫反射之下他们面目模糊又欢欣
暗蓝色的衣领上,别着白花
只有你眼所见的铜币大小的白花
挂在银河之上,她在光年以外
借太阳的热
闪烁目不能及的硕大凄哀

银河已死,
陪葬品是硬币大小的月亮。

8月31日,阴,山中帖

张 伟

有时穿过大街,走上通向牌坊的路
小旅馆始终紧闭大门。谁也没有心情

了解里面嘈杂的讨论声,故事就从没有发生过
干净得就像淫雨之夜,叩宿寺庙时的阶前水滴

温和地潜入土下,完成一次短暂的亲昵行为
所幸的是,被我们称为十五六岁小火焰的事物

在白色的迷雾灼耀。弥散在松针的星辰中
也包围着我,这短暂的光明历史,让人忘记了

黯然销魂的时刻。处于山谷的背风处
总想喝一些水,走慢一点,那么就可以
沉醉于古代的稻田……

以上均选自《十一月》总第35期

《青未了》诗选

午 后
木 鱼

太多的窗子需要擦拭
太多的阳光需要畅通
太多的房间需要温暖
人们需要慢下来的爱和性
需要静下来,卸下厚厚的外套
抽出不再新鲜的身体。
而此时,阳光正好进来
照亮地板,和洁净的床单
在柔软的暖床上
在爱与性之后
相拥,享用
这喧嚣中的平静一刻。
这是多么美好的事情
它在每个人的心里尘封未醒
像一瓶尘封的纯度白酒。

跟着黎明赶一次潮
孙 念

在黄河口居住快三年了
依旧不熟悉这里的一切
仿佛落叶都没有姿势
只知道腐烂,重生
那些冰冻过的脸庞
还是一眼就能够被北风看穿
伸出袖子上的纹路
盐碱滩上何止荒芜,海水何止突兀

苇草一矮再矮生怕抢了我的风头

防护提上的海水,反复
咀嚼着生活的苦涩
一遍一遍都羞于夺眶的眼泪
都羞于眼泪的矜持
能够写出这份矜持该是多么幸运
比起海水,仿佛这份矜持
就是被咽下去的心事
在黄河口,如果每天跟着黎明赶一次潮
那么我们所谓的矜持又该算得了什么

记一次旅程
李 晓

出门前请饮半杯温水
衣服不要太厚
那会使人丧失知觉
忽视寒冷

如若途中遇见苹果
请拿出匕首将其宰割
那香甜本就是
用来亵玩
礼貌在此时会显得
不得体

如果晚霞一再泄露
太阳与月亮欢愉的秘密
如果时间一再
任其勒索

我想

那口是心非者经历过每一个人
唯他知道
世间一切苦痛折磨
都是自己心甘情愿的

再 去

杜 仲

如果能回至过去便好了
然不能
多想对你吐露心内隐秘事
却是无从开口
从山上漫步下来
狭窄陡峭的小道啊
道上恹恹无行人

于我年少时
不懂得遮掩
是什么便说作什么
既长，自个儿已脏得不成样子
哪敢再去见你

要是有人极像你
就爱他吧
世上终归离人多

赶往你世界的路上

王 冬

夜幕降临，赶往你世界的路上
鸟儿都已归巢。一片落叶打碎
湖面的宁静，于是沉入心底的繁星
逐一升起，开始一次次水做的告别
我的不安是一只麻雀丢掉麦粒的心情
在赶往你世界的路上，时光留下的
不过是碎片、缝隙和无际的裂痕
我一边失去，一边捡拾你撒在心里的石子
无垠的心啊，被通往你世界的道路填满
荒草、尘埃，和倦飞的乌鸦各有归处
而只有我是唯一的行人，唯一的大雪

飘落在通往你世界的路上
我的心更加空阔，空荡地行走在
空荡的夜里，那些拥挤不堪的心事
却死死守住自己的秘密
在距你遥远的地方，偷偷地讲述
一场战争、一场花开和一个人的生死

晚间告白——给济南

赵燕磊

蛙叫细琐，蝙蝠黑进栾树的枝群
在蒸汽中跑步的人，顺着天桥
涂有蜡的悬梯，加速到另一侧去
我第一次走在显著的经线中
如同远处大钟，它短促的分针
按照公转星轨，双臂下降为
一对云。旅店的霓虹热烈摆动
对我招手，慢速的放晴中
雨暂时不能坚持它的臂力

摩天建筑的脚手架咔嗒作响
晴与暗暂时是成片的失望
月光打滑，交汇的车灯射出
或黑或白的子弹，独身的鸟在
广场中心不升反降。已近午夜
火开始叨来色块，白昼的通缉
像多边形的冰雪在集中倾倒
它的一半身体厌倦地压住湖面
我拄着雷达，经过下沉的街道
我会闭上眼睛，见到所有人

麦收记事 （外一首）

柒 叁

不该留爸爸一个人
一整个下午
孤独地，持久地跟麦子们对峙着
不该留他一个人在那里
瘸着腿踱步，抽烟，叹气
打几十个电话

收割机还是徘徊在远处
一个来回一个来回地收着
别家的麦子

不该留他一个下午于听着他自己的
熟透的麦子,聒噪的麦子
在风里沙沙地响

不该在二十五岁的时候穿着皮鞋
姗姗来迟
不该玩着手机蹲在地头
不该看不到他一遍遍地打着电话
还时不时焦急地看一眼麦子
焦急地看一眼我

被等待的收割机像一句诅咒
还在不知多远的远处循环

锄 头

小伙子在田野上挥舞着锄头
锄头是他的妻子
他的妻子
是一个锋利的哑巴
在春天的田野上
陪他说话

黑　　　　(外一首)
吴　猛

每个人都渴望着并试着
从自己的身体里抽出一把明火
挥舞着,驱赶蛰居高枝的乌鸦
也许,那火种藏得过于幽暗
早已熬成了包浆的琥珀

或许,拿着烤肠的双手
不愿再去玷污肮脏了太久的肠胃
还有那些被乌鸦深深同情的人们
走上欲望的蹦床,一飞冲天
获得一只高高在上乌鸦的垂青
就要全身泼上绝缘的黑影
把一颗心煮透,染上防腐的涂料
可这些并不妨碍我
从自己的身体里抽出一把明火
照亮自己
我只想看看自己黑了多久

风 筝

风筝在天空中左摇右摆
躲闪来来往往的车辆

麦子苗条成一阵风
正试着不喝水,
不吃肥料,不占土壤
尽量做到自力更生
节约起公路与高楼

电线杆上拉扯着数不清的线
没人提起五线谱
他们把天空分割成长方形
正方形,还有三角形
麻雀在灯光中产下孩子

三月,早早放学的孩子
走过天桥和往常一样
回家

风筝死于大地
或者更像是一场空难

以上均选自《青未了》2016年创刊号

《湖南诗人》诗选

晚 景
洛 夫

老,是一种境界
无声,无色,无些些杂质
天空的星光不再沸腾
不再知道
云
何时会从胸中升起
那种不可言说的纯粹
鱼子酱与豆腐乳相拥而眠
坛子里冒出异味
宣告秋天即将结束
然后慢节奏地活着
蠕蠕爬行
蜗牛般的口涎书写墙的苍白
溪水清而无力
但很安静,一种不错的选择
一到春天
便匆匆推着落叶与泡沫向遥远的
那个童年
漂去
老,是一道门
将关而未闭
望进去,无人知晓有多深
有多黑
卡夫卡的伤口那么黑?
无人知晓
我试着从门缝窥探
似乎看到自己的背影
在看不见的风中
一闪而逝

曲麻莱雨夜
罗鹿鸣

雨落下来,浇透了
黄昏,浇灭了
三四层高楼的灯
太阳熄火好几天了
太阳能发电如此娇情
干打垒铁筒的白烟
挣扎了好一阵
几辆汽车稍不安分
溅起一街的雨声
狗吠,似远似近,时疏时密
黄昏的城,夜深一般地静

此刻,一间三张床的房子
其中一张足以容纳我的一切
包括颠散的骨架,重新整合
一天在此终结,另一天在此开始
包括梦,在黄河源头发迹
约古宗列光秃秃的群山
有头发长出,由稀稀拉拉
连成一片,雨水啊
你要淋个痛快,让草地
不再饥渴。三江源的人们
富有成效的行动,已让我的梦
变绿泛青

挖红薯的时候

胡丘陵

挖红薯的时候
先得割断枯黄的薯藤
还没见到红薯
母亲白色的乳汁
就最后一次,洒落在
汗水和泪水打湿的田土

锄头下去时要小心一点儿
再小心一点儿
才不会伤着最大的红薯
红薯不想计划生育
如同母亲,一生就是四个孩子
护住最大的一个
也就护住了这一窝红薯

尽管小心翼翼
锄头往往还是伤着了最大的红薯
这个红薯
便与我一样,提前离开学校
被加工成淀粉,或者喂猪

个头小些的
总会完整地收藏到窖里
或者来年长出薯秧,再绿遍
我的田野

云 (外一首)

陈群洲

这些年,我一次又一次
试图目测出,自己跟云朵之间
大致的距离

我无法准确形容她的羞涩
妩媚,还有内心奔涌的光芒
偶尔的风,只在低处吹

可是,她总那么远
不管我站在什么角度
始终都无法靠近

终于明白了,少年时
遇上的那个心仪的女孩
追不到手的原因
是她的名字,叫作云

京广高铁

北京西。郑州东。武汉站。广州南
这些亚洲超一流的搬运车间

以风与闪电,在流水线上
搬运山峦,旷野,河流
庞然大物的城市,连同村庄

搬运方言,五花八门的普通话
搬运脚步里忙碌的今天,匆匆未来

搬运别离与忧伤,行将抵达的
团聚的喜乐。这不可复制的
故事里的光阴
沙漠

这些被岁月凝固的波涛
它的细碎,足以跟柔软的面粉比
但它的坚硬与勇敢,强过石头
它沉默着,用一把沙子,沙子上的一阵风
轻易就赶走了所有植物

骑单车

李镇东

几岁时就踩动了二八单车
踩着轮胎和季节飞快地转
一转骑上座子和窄窄的小路
也转过孩提的乡村和记忆

那不是出行工具也不是玩具

是少年的纯朴生活和乐趣
是好朋友间的交往和陪伴
如此刻载着儿子和他的童年

一天或许很长,在一起
欢快的时光和身影或被铭记
一年或许很短,只转眼
个头长高年轮膨胀或被遗忘

骑着就会抵达而又继续上路
不经意间一辈子也就是一程

雨母山 (外一首)

李 霞

比起那些下落不明的人
我更关心这里的青山连绵
这里的百万花海,百亩农场
还有隐在山坳里的幽静
是我所喜欢的

大人的悠闲,小孩的嬉戏
间或鸡鸣狗叫
所有事物盛满阳光
耕读传家,四时节令
叫人忘了岁月
忘了一些走失的人

我得感谢岁月的加减法
感谢雨母的山水

让我内心小小的沧海桑田
如此澄彻与丰沛
在这感激与惭愧中
我有什么理由不删掉那用寒冷
造的句子

故乡的明月

这么多年
我的伤口有如残月
孤独如此残缺

村庄瘦了
月亮圆了
村口的小桥
依然识得故人
今夜我想起了谁
谁又在远方把我思念

是谁的爱如此饱满
如此纯粹
瞬间布满村庄

在这浩荡的月光里
我愿意原谅人世所有的过错
尝试赞美世间的残缺
我愿意把自己交给
故乡的那轮明月

以上均选自《湖南诗人》第 22 期

民刊诗选
FOLK PUBLICATIONS CLIPPINGS

（以首字笔画为序）

- 60 《几江》诗选
- 61 《三棵树》诗选
- 63 《大瞳》诗选
- 64 《中国魂》诗选
- 65 《元素》诗选
- 67 《分界线》诗选
- 68 《太白诗刊》诗选
- 70 《火种诗刊》诗选
- 72 《长江诗歌》诗选
- 73 《凤凰》诗选
- 75 《北湖》诗选
- 77 《北京诗人》诗选
- 78 《左诗》诗选
- 81 《打工诗人》诗选
- 83 《白天鹅诗刊》诗选
- 84 《光线诗刊》诗选
- 86 《先锋诗报》诗选
- 88 《关东诗人》诗选
- 90 《军山湖》诗选
- 92 《西府诗文选》诗选
- 93 《轨道》诗选
- 95 《阳城诗歌》诗选
- 96 《陆诗歌》诗选
- 98 《国·鼎文学》诗选
- 99 《抵达》诗选
- 101 《杯水》诗选
- 102 《诗行》诗选
- 105 《诗东方》诗选
- 106 《诗洞庭》诗选
- 107 《客家诗人》诗选
- 109 《屏风诗刊》诗选
- 111 《草叶诗人》诗选
- 112 《钟声》诗选
- 113 《原点》诗选
- 114 《桃花源诗季》诗选
- 116 《浙江诗人》诗选
- 118 《海子诗刊》诗选
- 120 《海岸线》诗选
- 121 《途中》诗选
- 123 《商洛诗歌》诗选
- 124 《第三说》诗选
- 126 《麻雀》诗选
- 128 《湍流》诗选
- 130 《鲁西诗人》诗选
- 131 《群岛》诗选
- 133 《蓝鲨》诗选
- 135 《蓼风》诗选
- 136 《赣西文学》诗选
- 137 《0596诗刊》诗选
- 138 《67度》诗选

《几江》诗选

创办人：杨平
创刊时间：2007 年 7 月
出版周期：季刊
出版地点：重庆
代表诗人：梁平、吕进、张新泉、傅天琳、娜夜、李元胜、路也等

立 秋

　　　　　　　黄海子

立秋是句子与句子之间的一节空白
里面可以装填你想要的
比如成熟或者还有些青涩的果
以及你有的一切的想象

天空在昼与夜之间更加深远
湖面逐渐平静下来
云和两岸的风景静卧在里面
风，吹落落叶，荡起一些微澜
一些景象在模糊里显出它的真实

这还不是秋天
很多事物都在阳光与风雨里抓紧成熟
过了这阵儿
我们也会逐渐静下来

秋凉会往深了去

蛙 鸣

　　　　　　　杨 平

只说一个单词
但不是简单的重复

说的是绿吗
又像不是
说的是静吧
也不像是

只是它每叫一声
池塘里的露珠就会
在荷叶上摇摇晃晃
蜻蜓在莲花上　有些站立不稳

池塘的名字　是蛙鸣叫出来的
每叫一声
池塘都会应一应

以上选自《几江》总第 46 期

独 坐

　　　　　　　李看蒙

坐在河边的石头上
总想从它的经络里抽出什么
一只鸟，一个春天
一把匕首，一卷布匹
我不禁笑了，它有春天吗
它有布匹的裹脚吗

风，扯着一根树枝笑
它会倾听你
它有翻云覆雨的轮回吗

我至少知道石头的宗教
半真半假。我独坐，叶子落在头上

旁边的草坪就要飘起来
青涩的影子，那会不会是你
在水面重叠一个痕迹

选自《几江》总第 45 期

《三棵树》诗选

创办人：马忠良、刘杰、薛晓勇
创刊时间：2009年1月
创刊地点：甘肃华亭
出版周期：半月刊
主要参与者：马忠良、刘杰、薛晓勇等

黄昏去玉佛寺 〔外一首〕

马路明

我要找的师父，恰好今天不在寺院
我以前拜过的佛，还在金碧辉煌的
庙宇内金黄色的黑暗里
庙宇内那么安静，仿佛可以听到佛在呼吸
我又一次拜了拜佛
但我没有翻开经卷
我怕看到冬日的经卷也已经一页页荒芜

园子里，一条小黄狗已经比夏天时候
大了不少，它也有着僧人的安详和善良
佛寺外的园子，已经被铁锹翻过了
黄铜色土块，藏着力量和神秘

园子之上是辽阔的湛蓝和太阳
青翠的松林里，没有一个人
林中光线明亮，一根根，那么直
这些肯定不再是夏天的光线
那时候光线柔韧，其上栖息过各色蝴蝶
也许，是蝴蝶绕着它们飞翔
它们轻盈的身体曾把光线触摸过

全世界的桦树都在蜕皮

群山中
桦树们
最粗的树干
最细的枝条
都在蜕皮
一块一块柔韧的金色

山底
山巅
每一株桦树
都在蜕皮
更远更远的群山间
地球另一边
意大利、美国——全世界
每一株活着的桦树
都在不约而同
蜕它们的皮

在群山辽阔、巨大的寂静中
它们蜕皮的声音无比安静

选自《三棵树》2017年第10期

初春的树 〔外一首〕

周晓菊

伸向天空的手臂
是我内心长出的秘密

我拿什么告诉你呢？
——那些根须深埋的，是岁月赐予的沧桑

那些枝繁叶茂的，是我愈挫愈烈的热望

蓝

如果可以忽略这突兀的枝丫
犹如跳过时光的磨损

我与天空之间
就仅剩这无尽的蓝了

梦想，我也是这蓝色的一部分
略等于纯粹，略大于永恒

选自《三棵树》2017年第9期

秋　日
富永杰

远远地望去，那些高过泥土的庄稼
像大地上停泊的船只
停泊下来的，还有沙哑的号子
汗津津的掠影
月色中的蛙鸣、鸟雀
以及高过船舱的雨露、阳光与芬芳
岸边，等待它的人没有上船
整整一天，我只看见干枯的船舷边
一双沾满泥土和荒草的手
不断地向身后的空地上抛着金色的浪花

选自《三棵树》2017年第10期

归　途
张彩虹

是故乡把我们又聚在一起
山上，我们坐着或躺着
无需发声。有那么多的

花草树木替我们诉说

一切都那么亲。我把身体埋进草里
那些虫子一下子就认出了我
还有那些茂盛的荆棘。它们有的
爬上我的脚踝，有的扯着我的裙裾
有的绕上我的指尖。像一群顽皮的孩童
频频向我撒娇

是啊！我曾经也是一枚草籽
一枚辗转在山外的草籽，如今
除了疲惫，我已经发不出任何芽儿
为了能回到它们中间，我宁愿再次受戒
宁愿从这里，再轮回一次

选自《三棵树》2017年第8期

颤抖的树
苏　龙

卸掉黄色安全帽，才看清她的容貌
清秀，瘦小，一身蓝卡其工服

她一手端着安全帽
一手拿着手机打电话

是打给丈夫、孩子、还是爸爸妈妈？
这一切无从得知

只是她说话的腔调越来越大
只是她抽泣的声音越来越大

她靠在一棵树后打电话
她瘦小的身体开始颤抖

我看见，整棵树在颤抖
我看见，整棵树上的叶子都在颤抖

选自《三棵树》2017年第7期

《大瞳》诗选

创办人：佛灯
创刊时间：2016 年 3 月
出版周期：年刊
出版地点：山西大同
主要参与者：庞华、张轻沉、张先州、王全安、十指等

晚 秋 〔外一首〕

佛 灯

麻雀绝食而亡。后山歪脖子树下
最后一把黄土让坟墓降临。
想起我也将长眠于此
晚秋的火烧云席卷了残余的纸钱。

草木凋零。步入无尽的黄昏
枯叶落下我的脚印转眼恢复了自然
而你我所珍爱的
在头顶一对翅膀下盘旋、盘旋。

绳 索

深绿的三轮车身
绑着几根旧衣布条做的绳索
它们宽大、粗糙
褪掉了曾光鲜的颜色。
至于旧衣的主人在哪里奔波
已经不那么重要
旧绳断了，自然有新的补上。

二十多年间
我只打过几次松动的结
更多时候，我把绳索抛给父亲
隔着高我几头的货物
听山对面发出狮子般的低吼
紧跟着，绳索一根根绷紧
而我的心也跟着绷紧。

在高速公路

叶西城

汽车在高速公路上
一直向北
太阳偶尔在后视镜里留下一条弧线
干枯的交错的树枝和栅栏
飞快地倒退
它们都是不出声的
是的，它们整齐地排列
没有特点
并且很容易被忘记——
每一个孤独的个体都是这样的
被随意地路过，忽略

穿过一条隧道的时候
里面昏暗的灯光，使我也显得微不足道

以上均选自《大瞳》2017 年刊

《中国魂》诗选

> 创办人：封期任
> 创刊时间：2013年4月
> 出版周期：不定期
> 出版地点：贵州兴义
> 代表诗人：杨志杨、潘志远、梁永周等

豹 子 〔外一首〕

康湘民

天高云淡
又见豹子在旷野走动

大地静寂
我身体内的豹子常出没于黑暗

我从不对这猛兽感到恐惧
雨天无法出行，它就对着镜子
教我本事

豹子啊，当晨星又掉落一颗
我们都来不及悲伤
来不及悲伤
那些最美的跳跃
已献给大地

午夜列车

0:15分，列车停在了一片旷野上
有人焦虑，有人悲观，有的人
莫名其妙兴奋起来

1977年的某个夏夜
我曾在村东看见一列火车停在漆黑的
原野，风声出没
黑色的漩涡缓缓转动。仿佛
随时会将一条小虫身上的荧光
剥去

现在，车厢内温度适宜
乘客们话题辉煌明亮
可我已飞离车厢
站在1977年一角，远远注视着
这趟列车，既不前进，也不挣扎
一片苇叶
悄悄为它印上了暗影

选自《中国魂》2017年第2期

没有一朵花是经过我同意之后才开

梁永周

我基本不会过问
没有主权的事物
把诘问改变性质的言谈与我绝缘
只在越过山岗或是荆棘密布的道路时
多照看两眼，借用的双脚
一旦有一个部件需要修理
我就想到了戛然而止
在一只鸟的翅膀上，妄想过
一个梦的形式
交换、恶补或修缮
上帝亏欠我一颗牙齿
这好比，我去超市
付了账，却空手而归

选自《中国魂》2017年第3期

《元素》诗选

创办人：牛冲
创刊时间：2015年
出版周期：半年刊
出版地点：河南郑州
代表诗人：牛冲、闫志辉、智啊威、杨泽西、徐方方、赵浩、闫慧飞等

顽 主　〔外一首〕
兰 童

春风扑面，有小漩涡。斋粉与物事
正突破感喟之界限，抵达无主之境
难逢惆怅啊，不能反求诸己
细捻心曲，久久地省视
然后放下。只具大眼，只有宏观
空无处的晤面，有好处种种，可作鸟兽散

转法轮

头颅在转
这个时代的固定动作。
我们愈来愈薄明
飨江南遗绪

做大丈夫，会小情人。皆在佛下
皆在旋转的风声里。

风声如一个哑谜蹦跳着穿过你我。
而其间的长廊足够容纳
一个师的盔甲。

春风用加减法安排我们的生活
留出一个通道，转动经筒
把我们扔进绞肉机或莲花座。

和尚说，一刀下去，十瓣西瓜。

病中书
马晓康

秋风还在路上，冷先至
未寒了的地方，被诸多人事填补
半山腰里，我裹着棉被，这里的人们
已很久不种棉花，破开的口子——
与苦蓟草映在一起，飞出紫色蒲公英
在成群的绵羊和马中间，我是唯一的食肉者
天上没有了黄河水，就会被海水倒灌
我已很久不说话，很久没在草地上坐一坐了
好多东西都学不会，就像我抽烟不会上瘾
烟头闪光的地方，我看到了红花银桦
天黑了，生命是否就走到了尽头
死神伸出无数根手指，它就站在我背后

存在的一天
李 唐

这天你来到草地上
感到一切都在徐徐流动
静谧的地球之夜在山的那边
野餐的人们早早回家了

密林孕育野兽和恋人
你曾在这里留下梦境

如今变成幽蓝的盐粒
你拾起一枚童年的卵

这是循环的夏天
犹如建筑般精密的夏天
你把秘密保存在雨水中
然后放心老去

这天你将遗忘很多事
包括甜蜜、火车与进化
宇宙薄而稠密
你让淡淡的影子去替代生活

草 命
王 磊

我和那些野草有着类似于血缘的关系
我的先祖和那些灰头土脸的杂草多像亲戚
在风雨中同病相怜,在无数的黑夜相望无言
内心深处的卑微竟也成了彼此唯一的慰藉
很多时候我心疼这些草
好像他们就是我先祖们的替身
有时我又想掘地三尺
或放一把火
逼它们喊出隐藏了一生的酸楚与疼
可是我不能
因为我是流着他们血液的子孙
需要像他们一样隐忍,克制,在这苍茫人世
安身,立命,紧握命运的绳

青灵山道歌
——兼寄游叔及至天朝小事
罗 耀

这简单的热潮,孤独
盘踞在山丘的中央,"嘿,你看我发光了"
要为危险的事物一一松绑,要清退低海拔的锈
对于八角桌上的声音,你们分辨,一定有选手高
　唱

"青冥浩荡,秋野里丧失生长"

风景的轴端在激流,在顽石,在厉风
泽中是要收费的,唐人的朝廷已建标准
在群喧中吸引,辩异,或为自利
也善于对更多的瞵异者,言无不尽
青冥浩荡,在向知己痛诉撒手于东西风向的疑虑
　中
山色合围,最后一次加速的退步波动无限场
困斗,谁会陷入到已完成的风景中去?

——途中而太急,必在于狭窄的甬道间
彼此力争出鞘的锋利,而无所虑。

年中的雨
唐致水

雨落在院子里,错落有致的银针
鸡鸣濡湿而贴地,来向则永远是对面
——我立定时的人的对称轴。
苍蝇的小马达,绕着如梁的小腿画圈
它还没懂它的尽头怎样被擦除在静止中。
鸟啾啾叫,再一次地,仿佛这是四月
猎人们的枪口发射出一湖的水;
脚底开始长莓,圆滚滚地扣在鞋印边缘
一些诞生我难以察觉。十二点
迟迟没来,拖沓在云层后方,以女人的腔调
猜测,度日的百姓的寡味心思。
只是,甚至那些寻常句法,我早已忘了
雨,是如今仅剩的全部想象,过去的
已着手重洗,就像她补充道
雨,赐予她更懂爱的情人。
它惊恐于偏心,把触及它的一切裹挟
我能石化其中,感到铰链
缓缓解下。万丈的唏嘘声。
雨落在院子里,领着它大大小小的针
雨终将医治我
这干巴巴的——人。

以上均选自《元素》2016年第一期

《分界线》诗选

主编：吕维东
创刊时间：2017年8月
出版周期：年刊
出版地点：安徽蚌埠
创办人：何吉发、周士明、吕维东、肖建华等

林

何吉发

这片被寒冬打击的山林，
这片被凄风苦雨踩躏后的空地，
满眼荒凉，毫无生机。
只有春天真心来临，
它才能恢复正常，每一片
嫩芽才会跳跃着。
会笑的阳光，流浪的风，
才会找到灵魂深处的回忆。
脚印找不到了脚印，
呼吸找不到了呼吸，
眼睛找不到了眼睛……
和夕阳一样孤独的，
是我断断续续的自言自语
扒开层层包裹着的落叶，
一片片刚刚长出的草芽，
仿佛一根根针，扎痛我的掌心。

小树林 〔外一首〕

肖建华

我刚刚走出这片小树林
它在前、在后、在左、在右
因为我转动着身子

我低下头闭了一小会儿眼
树林没有消失
它在我心里留下两片叶子
一片担心，一片幸福

天色暗了，夕阳下山
云朵沉重，野草疯狂
林中飞出一只鸽子

蒲公英

坡地上的一群美人
有嫩草一样的浅笑
一个个鼓起小嘴唇
吐出一小朵一小朵
含苞的情话

这些情窦初开的少女啊
比月亮还明媚
比白雪还圣洁
涌进我的眼窝

我想用她们的青春
编织一首
立于枝头的童谣
我要用她唱醉生活

以上均选自《分界线》2017年创刊号

《太白诗刊》诗选

创办人：詹正香
创刊时间：1983年5月
出版周期：季刊
出版地点：安徽马鞍山
代表诗人：杨键、石玉坤、兵戈戈、老秋、海饼干等

不说话的野草〔外一首〕

兵戈戈

整个小区
都陷入了沉寂，割草机
在黄昏里轰鸣着

云，于一片暗影里
屏住呼吸
阳光跪在草尖上，祈祷
风也飘摇不定

突然，有片野草
无声地挣脱巨大的暮色
乘着活着的生命
奔跑了起来

我只能，沉默着
不说话的野草，跑到哪
我都放心不下

江水吞下夕阳

这条千古的河流
每天，重复着浑浊的浩荡
黄昏孤零零的，走着

微弱的光，在眼里打转
江水，倒映着夕阳的香气
缓缓穿过，雾中的城

江水不断地上升
上升，有了黑夜般的深度
飘浮着，祖国的心跳

我想牵起岸，牵起
身后蜿蜒的群山，看江水
吞下，猝然离去的夕阳

扫落叶者言

石玉坤

"都会烧掉，有的成为火的身子
有的是脸。捡走的那枚
被当作蝴蝶夹在书中
有人念及薄薄的时光，念及
流水的爱情"

"你知道，树叶告诉过你
什么是风。那时你从树下经过
也只是经过一下"

尘嚣过后

老秋

尘嚣过后
一枚落日
砸痛三千里的江水

灵鹿遁入山林

鸟雀归隐旧巢
我也退出无边的喧响

一只小船
从我的眼睛里缓慢地驶过
仿佛正要带走我的中年

向南，白昼苏醒
向北，夜晚点燃一盏油灯

我哪里都不去了
在余晖中
打捞一万粒闪烁的金子

上　坟
轮　轴

俯下身去，点香、烧纸
站起身来，合十祈愿
荒草一样起伏
荒草一样肃静

像挨户拜年走亲
我们，从一座山冈
走向另一座山冈

风吹过远山
吹过星星般散落
的坟冢

沿着风吹拂的方向
我听到了父亲
早年哨音般艰难的喘息

大　寒
石白湖

我要写到暖
写到燕子轻剪的双翅
写到土壤中焦虑的眼神和窃窃私语

还要写到人间的亲情
在洒满阳光的屋檐下
被母亲用针线牢牢地缝进炊烟里

关于爱情、友情，我只能一笔带过
有太多的回忆深陷在雾霾中
有太多的孤单停留在小镇边寂静的河水中

梅花盛开，仍在等一场雪
草木的精灵都在眨眼睛、吐舌头
他们都要大声地喊出来——

余　韵
徐业华

与我一样寄居在民谣里的
还有豌豆花的白
紫云英的红，油菜花的黄

你淙淙泉水般的歌声
又在耳畔旋响，婉转悠扬
"我极力保持一条鱼游动的平衡"

细微的波浪喋喋有声
像是桨声欸乃中传来的余韵
傍晚临近，走在麦苗拔节的河边
远处的农舍，一片安详

你的声音还在我的诗中歌唱
其实那是我灰色的想象
当我抬起头时，看到的是
天空熄灭后火焰的反光

以上均选自《太白诗刊》2017年第2-3期合刊

《火种诗刊》诗选

创办人：的日木呷
创刊时间：2003年5月
创刊地点：新疆石河子
出版周期：不定期
主要参与者：邢靓、萧清、马兴业、聂欣、陆阳、胖子、李伟娜、林子欣等

献给落在我们身上的鞭子 〔外一首〕

◎去 影

和身体斗争　吃简单的食物　喝酒　还大醉
酒后吹过的牛皮太大　或许今生也未必能实现

有友不见面　在一个城市　你知道此刻　他正
在穿过城市　去见一个陌生人
我们的酒局　却始终没有到来

这令人感到绝望

在公交车里　站着入睡
在广场上有人尖叫着穿着短裤跑过去
像爬过小市场那些年轻人

这城市就像我的身体　四处漏风　又无依无靠
活着但难免被折磨　被羞辱　被蒙面人踩踏
被姑娘的宝马车亲吻
那又怎么样

我等待的鞭子的脆响始终没有到来
我却看见走廊上
那些穿白衣为我送行的人们泪流满面

承接雨水阳光和太阳　承接毒药鞭子和胭脂
一张床一个笑容一个夏天和午夜　终将到来

不怕　不怕此刻离开　不怕阴影　不怕仇恨和宗教
血液终将汇合在我们忘记了这一切之后

孩子　童年　鱼　秋千　鸟窝
这就是我的全部记忆
当然鱼在玛纳斯河里孩子也是童年挂在树梢
而鸟窝是悬在你头顶的光
一场过家家在这之间展开
还有汗水和藏了一个夏天的毒药
此刻正好用上

生命歪七扭八　却依然没有活成他们想要的样子
那就活成一棵树吧　窒息并美
随心所欲

野　性

在最广大的土地上生儿育女
每一颗石头，小草，树木和荒凉
都被占领，都被隐藏，都被变成家族财产
在最空洞的天空上牧空而归
每一块云朵，每一阵风，每一只鸟儿的故乡，
成为一滴血，成为一个风季，成为风季里的一次
　　颤抖

拒绝驯养，拒绝殉葬，拒绝征服，拒绝投降，
拒绝摇尾乞怜
拥抱死亡，拥抱血液，拥抱残忍，拥抱太阳，
拥抱爱和恨

狮子在伏击
土匪在抢劫
去影在写诗

塔克拉玛干长短句〔节选〕
的日木呷

十二

许多年以后
和所有迷茫的孩子一样
我也会是你怀中千万粒沉默的沙子之一
圆润　饱满　无欲无求　无牵无挂

许多年以后
和所有迷茫的孩子一样
我经过这里　看见沙子和荒凉
看见月亮　依然像我走失多年的恋人的脸

在更早的许多年前
孩子也许没有迷茫
深山里潺潺的小溪　悄然开放的野花
高的矮的树和草和蓝的天

许多年啊
你是一个赤脚的孩子
和同样赤脚的世界追逐嬉闹
你们的眼睛一样清澈　没有云雾

病患隔离
杨钊

皮囊，掩不住他的脆弱
风撕开一道道伤口
蚀透了筋骨，多么地怵目惊心

你说疼痛，他低头徘徊
仿佛苍白果实并未结在心树上
仿佛窗户纸不曾破败

风沙排着队——
争相啜食那血色滴沥
乌云摇头晃脑飘落
它们先后成为真正的帮凶

一念之隔
尘隅的阳光和阴暗正好

火焰丛里的石头正好

就将沉疴安放在那里吧
像婴儿熟睡在摇篮中

凝视模糊的斑斓之殇
对他的弃绝，
令你写下不堪往昔的誓词。

漂浮
孙雷雷

行人在拥挤的大街上
世俗的一切应有尽有
男人
女人
装修豪华的店面
招揽顾客的店员

对未来抱有幻想的年轻人
与颓废慵懒的中年人
相互映衬
早晨未被擦拭过的玻璃带着浑浊的反光

男人注视着光鲜亮丽的女人
对其他人视若无睹
燃烧的情欲在食物和颜料的气味中混合
所有人都早已习以为常

天空阴沉
突然坠落下雨滴
空气变得暧昧
风开始酸涩的流动

一种恐惧蔓延开来
即使叫卖声更加响亮
雨伞被推上街头
小餐馆的老板神色寡淡而平静

但这雨水还是带有致命的威慑力
当雨水淹过头顶
淹过大厦的天台
所有世俗的灵魂都将漂浮在半空当中

以上均选自《火种诗刊》总第二十二期

《长江诗歌》诗选

创办人：张乾东
创刊时间：2003年3月
出版周期：不定期
出版地点：重庆巫山
代表诗人：高云、黄长江、湘会军、肖才颇等

刀削样的年华

龙 鸣

一片白天　一片黑夜
两扇门　我的脸　吱吱呀呀合不拢

体内堆积沧桑　就像一块疙瘩状的心病
这是门轴朽烂的理由
这是屋子破漏的理由

这样即便春光再好也赶不上
就从脸上往外掏
先摊开少年　再打开盛年
梦想躺进贵族的坟墓里

这样也好　打皱的皮肤接纳了老
头发上抓住了一把雪的白

那些沧桑就叫风　霜　雨　雪
还有几条被踩歪的路
为抵住这关不拢的门
在这不平的路上
把肋骨一根一根摔断

选自《长江诗歌》2017年第6期

老县城

陈 敏

沿着云朵涨上去　山太高
房子只低一点点　与天齐

人　爱响动
随便一吭气　一拧腰
山城都会动起来　红白喜事都是事
天大的事

河水一直泛白
只有石头攥生石头　长出了山里的硬骨头
撑起小小房屋
遮住风雨　遮住羞
站稳了春秋
儿郎有了主心的肝肺
不怕岁月的大口

桦栗树的薪火　点燃在灶间
香烟缭绕　从不走远
为父为母　高堂稳居在正屋

肩膀扛起的大石头　最诚实
手打泡垒砌的家国
大明成化年间有了县
叫白河

选自《长江诗歌》2017年第9期

《凤凰》诗选

创办人：东篱、张非
创刊时间：2008年3月
创刊地点：河北唐山
出版周期：半年刊
主要参与者：东篱、张非、唐小米、郑茂明、黄志萍、刘普、陈光宏等

锣声一响
孟醒石

这辈子见到的第一种行为艺术是耍猴
走江湖的汉子甩响鞭子
猴子们沿着场地转圈鞠躬
讨好每一位观众。为了逗大家高兴
还倒立起来，纷纷将私处展示给人看
猴屁股，像旗子一样红
这辈子听到的最恐怖的故事也是耍猴
老校长抠着脚丫子，恶狠狠地说
"那些猴子都是小孩子装扮的！
耍猴的汉子专门抓不听话的小孩
给你们吃药，变成哑巴
在脸上粘上猴毛，身上披上猴皮
锣声一响，集体表演倒立
不听话了，就拿鞭子狠狠抽你们！"
听了这个故事，我经常做噩梦
梦到父母站在人群中，大声地笑
向铜锣里抛硬币，发出阵阵轰鸣
根本不知道，那些猴子其实是他们的孩子
而我眼泪汪汪，哑着嗓子，喊不出声

沉醉在破碎的花园〔外一首〕
天岚

当晨阳擦亮大地的琴键
一条冰河又开始跳跃
一双眼睛挣脱冬眠之困
一个人还远没有醒来

西北风捎来故乡的土腥
熬夜的酒浆深锁着他的喉咙
柿子还在高处悬照
金盏菊已随百草枯败

他问起花园的木栅何时坍塌
秋天被谁连夜抢收
他捡起地窖上的落叶
仿佛喜获一把黄金钥匙

啊，五谷易朽，唯醉意巨久
谁开启了隐形之门
他说花园深处皆是佳酿
花园深处睡满我们的亲人

一首诗的魔法隐踪

我想写一首诗，一首触摸天高地厚的诗
朗朗夜空，除了星光，再无灯盏
大地上，一个孩子在庭院站着站着，就到了远方
一条大河从生到死，正如我喉中的人间悲歌
壮丽，恒久，人们进进出出
瓢饮，洗脸，浇灌，酿酒
夕阳吻过的那个人，总是波光粼粼
从生到死，我最后写一首无有之诗，无用之诗
无我，无你
纸浆退去了火气，汪洋溶解了冰凌
万物完美地降解着万物
哦，我真是多欲而又自不量力
我歇斯底里喊她，日夜颠倒梦着她
她却时而隐约时而暧昧时而驾着天马行空
我只轻轻一瞥，衣衫下共振的簧片就暴露了慌张

大风吹

阿 平

那一天
大风轻轻吹了一下，如此细小，北斗星
在一张黑色的纸上，晃了一下
44岁的我成了
一个没人要的孩子

以上选自《凤凰》2017年上半年刊

三人行

晴朗李寒

这对年轻夫妇，一前一后，
在哗然作响的阳光下，
走向六月的车站。

年轻的父亲走在前面，
他的怀抱中
轻轻揽着一个鲜嫩的婴儿。
那么粉嘟嘟的小东西，
那么肉乎乎的小家伙，
裹在淡蓝色的襁褓里。
二十出头的父亲，胡茬儿泛青，
好像刚刚脱却了少年的莽撞，
好像昨天还拎着斧头混世街头，奔突来去。
而如今，他抱着自己的孩子，
那样小心翼翼，温柔得有些过分，
怀抱的，仿佛是
一件透明易碎的瓷器，
不，应该是——整个世界。

年轻的母亲走在后面，朴素，壮实，
手中拎着两个小包，脚步轻盈。
微风掀起衣襟，
露出产后还未复原的肚腹。
哦，最让人眼亮的
是她那对乳房，硕大，充盈，
自豪地晃荡，颤动，
让人相信，她的奶水储量
足以喂养全地球的孩子。

让人担心，它们会不会突然撑裂胸衣，
像一对大白鸽，拍打着翅膀飞起。

在嘈杂的人群中，我认出了
这新鲜的一家人，
不知他们从哪里来，往哪里去。
在六月的阳光下，
仿佛穿过了
白杨挺拔的乡间大道和发黄的麦地，
匆匆从我身边掠过，我嗅到了
他们散发出的
粮食芳香的气息。

野草令

北 野

灰色的野草，暴躁的野草
代表了亡魂飞翔的背影和脸庞
代表了零乱的流云和灰烬中
睡醒的花朵。未来者不死的身影
正藏在云中。小动物已经疲乏
它们枯竭的嘴唇，再也拉不住
一座空洞的谷仓；一群身份
模糊的人，比尘土的记忆还虚无
——而虚无，正是他们
最后的居所

一个面目沉静的僧人，在
寺院的台阶上，闭目而坐
像睡狮一样垂着翅膀
他忘记了自己的未来，忘记了
吹过头顶的落叶和沙尘
忘记了生活中那些根本无法
等到的消息，甚至忘记了
孤独的旷野上，一轮明月
照见的广大的荒芜

这宁静的世界啊，像神的
心愿一样：无声无息
无始无终——你只能凭着
自己的力量向前滚动，你的脊背
闪着万物衰败和离散的光泽

以上选自《凤凰》2015年下半年刊

《北湖》诗选

主编：徐泽昌
创刊时间：2004年11月
出版周期：半年刊
出版地点：河南商丘
主要参与者：徐泽昌、津生木措、崔宝珠、王蕾、秋若尘、木易沉香、今今等

细草间 〔外一首〕
崔宝珠

石头撂着石头是对的
而缝隙间生着细草不对

草叶上挂着露珠是羞耻的？
迷惘的半径在增加。还好，它具周期性

细草间，一条半梦半醒的蛇
把眼珠转向那草尖上滚动的月亮

我是那眼珠（当我在床上
假装小睡）

难以掌控的是：明月如霜
风如带，白蛇放诞，游动于云朵

秋 声

纱窗上，已见有昆虫遗落的躯壳
蛾儿有透明的白翅，甲虫呢
真像是黄金铸成的小玩意儿

它们是最敏感的谛听者
接到了命令，就低头安静地死去

在昨夜，我隐隐听到

一千匹白马的嘶鸣
而一千匹白马有一千种孤独

青桐听到的还要早一些
推开门
我看到纷纷的落叶

关于相对论的猜想
津生木措

花盆里的吊兰、君子兰持续分泌着
我看不见的相对论

它们何时具有了工匠的耐心
又何时具有了物理学的缜密
但它们是不同的

我常常惊异于中唐的
"两个黄鹂鸣翠柳"
先叫的那一只与后一只
有何不同

而我眼前的两只鸟
也有了杜甫枯瘦的身形
但它们是不同的

吊兰与君子兰的相对论此刻
让我倍感孤伤

唐诗里的飘零

我自己的失散
是不同的

芦苇里，站立着时间 〔外一首〕

王 蕾

在江边，一株返青的芦苇
它的青翠也是
它的苍劲，高举去年的白旗

当它开口，借助风
会露出一句或两句雁声
惊起的，三五片枯叶是一直隐藏的雁翅
雁行，在江水的天空
而雁影的寒意
一路紧贴住江水，缓缓向东南

它是一个航标
举着自己的死，又举着
自己的生
到夜晚白旗飘成了，明月的寒光

江水上的明月，我们
各守半轮

关于卵石

卵石活在流水中，它的命低于流水
高于河床。已成功
学会自我隐匿，把赋形
交给激荡的流水

让流水，带走石头的前世
那前世在它离开山时就死了
死推着死，向下沉
让流水，用哗哗翻响的软刀子
开始，割它硬的疤痕
被翻响过的心

在震颤下，一点一点恢复到今生

恢复到，它紧贴着河床
聆听，流水修辞学
像一场虚空的梦，但前世
是另一场梦

它鹅卵般的今生，已经
没有前世

万物闪耀 〔外一首〕

木易沉香

与瓦蓝瓦蓝的天空，和白白的
云朵无关，与向日葵那些
热切过的目光无关，田野静谧
山坡也静谧。东风不来
春雨一直不下，阳光千万里
那个喜极而泣的人，不比
春天里久别重逢的桃花，借助
他乡手中的归途，回望天涯

麻 雀

就是这样吧，天色将晚
雾霾弥散，落日后的大地
有着大无畏的忧伤，夜风吹低
人间烟火，不足以填补春天
体内多余出来的一片恻隐之心
他站在料峭的豫东平原，无力
提起满树枝柯，与背井离乡
而麻雀飞起的时候，时光的另一面
黑或者白，各自瑟瑟地开着
在你的世界里，永不停歇
像一种来不及到场的离别方式

以上均选自《北湖》2017年上半年刊

《北京诗人》诗选

创办人：木行之
创刊时间：2011年初
出版周期：不定期
出版地点：北京顺义
代表诗人：雨后春笋、蝶小妖、巴芒、梁永周、水滴、翠儿、杨超、杨歌等

思念一颗枣
雨后春笋

每到春分时节
我的胸口就隐隐作痛
有一种情愫，在心中抽枝发芽

追溯记忆中的枣，她清脆地
长在我的童年里，那花色　形态
竟和我此刻的思绪，如此搭配

生命的盐从此由白变红，浸透骨骼
当一场风雨过后，我开始咯血
一颗杏仁大的枣核，从血中咯出

小　月
翠　儿

足够小，小到卑微，无视深渊和火焰
小到只够在一个人的心房种玫瑰
小到，一提及你，心尖尖就会悲喜莫名
无缘由的茂盛，绽放最大的柔度
让更多的光，彼此照耀，更多的白，彼此滋养

这天作之合，如雪安静地落在雪上

从此，再不能被遗忘，被割舍
如何舍得呢，即使浓到最后只剩下一个劫
疼到最后，那么庞大的幻境，只够
一口口饮尽夜色，只够拥抱，扑面而来的初见

四月末
紫藤晴儿

四月在最后的时日正在一点点地夺取它给的柔
　软：
枝头上点燃的花朵
我以疼，更深刻地疼着落在它的枝条上
正如春天的债务，我是不想偿还
而一声鸟的啁啾就可以让疼痛更为剧烈
它如火焰一样升腾于春天里不多的余地

那么还能如何割舍，这些庞大的，透明的光泽
一只蝴蝶所放大的世界
那么就让我要它更疼，更疼地结出果实一样的果
　子
在通向夏天的枝条上
而你一定会到来，如大风的摇晃
我不会坠落的每一句誓言
正被一个季节与另一个季节
所认证

以上均选自《北京诗人》2017年第1期、第2期

《左诗》诗选

创办人：冷眉语
创刊时间：2009年11月
出版周期：不定期
出版地点：江苏苏州
代表诗人：叶广芩、郁葱、唐忠臣、木叶叶、小海、车前子、李德武等

给画师的难题〔外一首〕
余笑忠

它们那样小：一粒黑色的芥子、一粒
或黑或白的芝麻

错误在于，总要用双手
把什么东西抓住不放

只需一根指头，只需轻轻触及它
把它放在唇边、舌尖

在永久的沉默中唯有如此
你呼喊的，你拼死以求的……

那么大的空白，将留给
一粒芥子、一粒芝麻

仰 望

有时，你会手洗自己的衣服
你晾出来的衣服
滴着水

因为有风，水不是滴在固定的地方
因为有风，我更容易随之波动

我想象你穿上它们的样子
有时也会想，你什么都不穿

那时，你属于水
你是源头
而我不能通过暴涨的浊流想象你

那时，你属于黄昏后的灯光
我可以躺下和你说话
而倾盆大雨向我浇灌

从来如此：大雨从天上来，高过
我，和你

选自《左诗》2016年选

一只鸟儿的复活〔外一首〕
秦念红

你终将被遗忘，被剪辑
被布满铁锈的剪刀修理
一条河流的悠长，寸发难渡
那么大的风，被阳光割裂
绕成发髻，在寒湿的气流中狡黠地翻滚
诚实的它，去每部作品踩下脚印

它优雅地说着脏话，在骂人的时节
摘帽敬礼。所有的梦都光鲜迷人
梦里的他比它的羽毛更轻盈
"谁会在意一只鸟儿的复活"

赶在秋天结束之前，它要赴命
站在黄昏的街角
用尘埃烧制一匹野马
再见时，它骑在马背，尘土在下

我将告别，这侧耳的惊蛰

很遗憾，我即将老去
耳亦不聪，目已呆滞
坐在唐朝的那棵老树枝下，听受惊的桃树绽放第
　一缕春光
新墨黑的山黛，掩饰我羞愧的面
我忘了南山，忘记种在南山的种种记忆
我忘了那晚，听竹笋拔节后轻轻的步履
最后，我忘了和谁
看南山梅，静静的花落

选自《左诗》第九期

罂粟的下午　〔外一首〕
流　泉

这个胃痛的下午
这个吊针穿刺肉体扎入血管的下午
这个不讲道理痉挛得无所适从的下午
这个祛风解表化湿和中的下午
这个挖掘机轰鸣的下午

这个抖包袱露了马脚的下午
这个被秋风吹乱的下午
这个花了九牛二虎之力找不见花岗岩的下午
这个有头有尾截去一大段中囊的下午
这个罂粟的下午

一条缓慢之河
裹挟泥沙，暗含落日的悲伤
我失语于一次小小的惊心，并在不确定流向的这
　个下午
——"生命，令我如此苍凉和不安"

大雨滂沱

这么多不确定的悲伤
六月持续了这个尘世最初的彷徨

整个世界都在流泪
我的心中，仿佛也深藏着一个大海

灯　盏　〔外一首〕
量　山

和温暖一点关系都没有
和审美一点关系都没有
和理想一点关系都没有

把它锁在房间
把它钉在路边
把它固定在汽车的前面，后面……

我们是唯物主义者
对一样事物
总是先命名后加以利用

剑

它饮过的血，藏在剑刃
伤害因为久远变得庄严、快感

我朋友的房间就挂着一把没开刃的剑
作为装饰品，完全不具备攻击性
"当国家意志变成一个人的意志"
说着，他举起了剑

我立即感受到无形剑气
并为其所伤

辽阔以外的方向〔外一首〕
曹九歌

在不同的时空里
我们用更多的时间去思考
是蓝天、雪山还是人群
让一天显得更久，让一生更长

宁静可以让事物变得缓慢
那么流逝也就不会那么悲伤
感伤于失去的空荡
也会忽略，早晨的地平线

忽略这些，辽阔以外的方向
天地之间的箴言汇成诗句
由不同的命运构成
它们正张开双眸，苏醒过来

昭示活力的纷繁事物
让你成为自己心中维系的小菩萨
你看，这空中飘荡的白云
让人们能够看到无穷远

河 流

这些河流注定流淌到此
显得必然
值得你一再肯定
竖排的诗歌如此锦绣
表达赞美与惊叹
那些爱因此显得深沉

小镇的夜，归于恬淡
流水经过的瞬间不够长
有些不近情理，那就只能回忆
在往日，水流漫过石阶
眼观渔舟靠岸
埋头整理蓑衣

一个纸人哭泣起来〔外一首〕
初 梅

我不知道它看到了什么
我只知道，它突然战栗起来
空洞的双眼，涌出泪水，很快又渗回体内

它又薄又枯的身体，开始鼓胀
似乎有了肋骨，有了血肉，似乎越来越
有了人的样子

它哭得越来越厉害了
我真怕它变成一个，具有七情六欲的女人
不得不一手捂住自己的胸口，一手捂住它的嘴

直到它不再出声，不再流泪
身体又恢复到，我当初剪它的样子

在最好的时辰，私奔

就到《信天游》里去吧
在那爱死人的原生高调里
住高原的窑洞，晒高原的太阳
捡高原的柴火，熬高原的荞麦小米粥

养十个脸蛋红彤彤的
高原的女儿
给她们缝一色的布袍子，留一水的长发
编十个山丹丹花冠
风来时，看她们齐齐站在崖畔上
向太阳展开双臂，长袖宽袍，随风起舞

除了放牧毛色纯净的羊群
她们从不谈及"光阴如梭""岁月如刀"
她们围在我们身边，每一天都是黄道吉日
谁也不知道哪个是姐姐，哪个是妹妹
就像谁也不知道哪个是你，哪个是我

以上选自《左诗》2016年选

《打工诗人》诗选

创办人：罗德远、徐非、任明友、许强
创刊时间：2001年5月
出版周期：半年刊
出版地点：广东惠州
主要参与者：罗德远、徐非、任明友、黄吉文、李笙歌、刘洪希、郭杰广等

纳木措 〔外一首〕
李笙歌

一群羚羊，跟在一群牦牛后面。
他们要去湖边喝水，
洗脸，晒太阳。
牦牛扬起威风的牛角，
驱赶着共同的敌人。
一路上阳光很好，雪山很安静。
他们要寻找的天堂——
纳木措，可能是一面美丽的铜镜。

羌塘草原

去年的雪，还在雪山上堆积
估计到了夏天才会融化
乌云在天上，漫无边际地移动
草原也跟着阴晴不定
夕阳，高原上唯一的亲戚
比任何时候都要步履缓慢
一月，风吹醒蜜蜂、灌木、牦牛和我
我的耳朵里，有青草哭喊的声音
黑帐篷外，白雪像莲花
满眼的骆驼草，还是那么瘦
天色渐晚，大地重新回到岑寂
马灯将黑暗割开一个小小的豁口
羌塘，我就要离开了
羌塘，现在你要静静地躺一会儿

城市瞬间：飘
黄吉文

这是圣诞节前夜的冷街
没有霜冻的南海，台风三级
城池中央，沃尔玛与百佳的观光电梯
正走过一群衣着光鲜的玫瑰
虚拟的雪花，洒满所有幸福的通道
而此时，在被塑料与铁丝编织的
月光下，一个身披火焰的
乡下妹子，她的身影
被风吹斜

被风吹斜的还有那些飘在空中的事物：
比如风筝，比如乌云，比如她此时手中
握紧的这束正在兜售的圣诞气球
（乞求的目光背后，是否蓄满
稀薄的泪水？）当夜色摁灭最后的灯盏
贫血的人，倚门而立。生活开始失重、飘浮
蒙尘的玻璃幕墙下，一丛踢踢踏踏的影子
正走向车站与广场
一个农民工对着空旷的楼群喊出三个字：
飘。飘。飘。

爱上草根三姐妹
罗德远

她们分别是早春出世的藜

香气袭人的芹以及
肥美的笋。头顶草根
隐居云梦泽经年
作为水族的女儿
等来命运一次次经意或
不经意的采摘

在河之洲　两岸野菊
绽放水泽国风情
此情此景　一位盛年的诗人
同时爱上她们的红瘦绿肥
会不会让人觉得
过于轻率或浅薄
这还真是个问题

与水为伴的洞庭草根三姐妹
素朴。感性。柔韧。内敛。
她们是水中的布衣
身居底层　风韵摇曳
却未染一丝淤泥
有幸　我在《诗经》里
和她们各自相处并
缠绵了一回

虚　构
任明友

这是一条被虚构后的城市盲肠
七八公里的桃花源大道
只是偏远酉阳的一条街
虚构的地图已经淹没廉耻
仅有两车道的"大道"两个字
并没有半点脸红的意思
接连相撞的轿车后备箱里
装满足够全城居民狂欢的春药

从城北的泉孔开始，我徒步向南
桃花源广场、街心花园、红卫桥、西山沟
几个非虚构的地名
在我非虚构的迷茫眼神里写生
拿着九线城市月薪的桃花源居民
正在超前承受着一线城市的高消费
居民小区的频频失窃
也被虚构成提高城市管理的彩排

铺满一路的生活荆棘和谎言
让萎缩的梦境患上了阑尾炎
躺在病床上的桃花源大道
在虚构中延续自大的陋习
一天比一天凌乱的垃圾桶
衍生不断变异的时代病毒
继续向南，我最终输给贫困交加
病死在最南端的城南公交总站
我留下非虚构的遗言：
但愿，这只是又一次虚构

牛尾岭是一个鸟巢
郭杰广

我喜欢睡在牛尾岭的树杈
这里，可以遥望故乡
抛开盛满杂碎的白天

群山，种满民间的野花
野草，荔枝……鸟鸣
我向它们喊出我的名字
很快就穿山越岭，传来了
青翠的回声。生命里，
我还有什么值得炫耀

那些汗流浃背的夜晚
查暂住证的敲门声
月光密集的香樟林
那些匆匆流失的寂静
悄悄伸进梦里的幽暗

——那些岁月的回声
总要在历史的拐弯处传来
像一圈圈平湖的涟漪……

以上均选自《打工诗人》总第三十一期

《白天鹅诗刊》诗选

创办人：胡世远
创刊时间：2013年4月
出版周期：双月刊
出版地点：辽宁沈阳
代表诗人：刘川、李一泰、沈锦绣等

山 风
大 梁

在山坳里
经常有龙卷风
像一团被烟火追赶的
野蜂
呼啸而过

我们极力描述的
从来都不像风，不像
刚刚刮过的风

真正的风无法描述
比如此刻
风结束了，仿佛什么都
不曾发生

器 皿
李 冰

盛装简单的饭食、蔬菜
有时也盛装少量的酒
盛装他乡、低矮和卑微
还必须，盛装泪水、疲惫和痛苦
他们是自己的加工厂

随身总携带着
形形色色，数不清的器皿
他们怀揣着故土、家乡和亲人
唯一盛不下的就是：
每当夜幕降临
一只空空如也的器皿
于无声处
浩大的孤独

等一场秋风
胡世远

其实无需等。该来的会来
就像古老的钟声

踩在柔软之上，一个人
突然停下脚步

缺席的已经缺席，孤独的
仍在孤独。轻淡若云的日子
落叶突然有了秋风的味道
仿佛爱

我试图说服自己：还会有
明亮的事物，在你我苍茫的心中
像溪水一样清澈地穿行

以上均选自《白天鹅诗刊》2017年第4期

《光线诗刊》诗选

主编：赵少琳
创刊时间：2012年
出版周期：不定期
出版地点：山西太原
代表诗人：梁志宏、吴小虫、申有科等

车行武宿立交桥

梁志宏

前方旭日喷薄。点亮了
横空的枢纽立交桥，一条条
钢铁骨架的直路和匝道，如蛇行龙盘。

看上层和下层
车流滔滔驰来和迤逦远去
穿插，环绕，出发或者抵达。
远处一列高铁呼啸而过，恰好
一架飞机在橙黄色的天空
斜拉一道白烟。

蓦然想起五十多年前
我骑单车穿过半个城市灰土路
在飞机场外割草喂羊度饥年；
想起城市的路桥史
丁字街的绕行，十字路口的拥堵
新世纪攻城拔寨般的打通和快捷。

旭光在枢纽立交桥上一闪
一幅经典画面，连同我一起成相。
我说与同车人：期盼太原
立交更多，不止于道路
在各个层面破壁，畅通无碍。

摸　索

赵建华

为了一个朴素而卑微的念想
以舍我其谁的豪气摸爬滚打
透明而纯真的心天真地以为
这样披荆斩棘　切割雷雨
就可以赢得掌声和鲜花

生活中也有谎言
如履薄冰地向着圣殿
一片片善于伪装的泥淖
像无处不在的陷阱和吸盘
要修改我的前额和肩胛

不甘心出卖正直
不甘心把手指涂黑
只要我手中的蜡笔还在
我就不会让自己的骨头睡去和丢失

写给麦芒

申有科

有些话再刺耳，也要尖叫着说出
说破就无毒了，像痈疽告诉麦芒

我想说的是

这么多年都过去了，我们都找不到一面斜坡放稳
　　自己
片刻欢愉
也不过是两块带棱角的石头
相依着停在一小块洼地上

现在，你也要试着收敛
像当初练习飞翔一样
在空中，没有一个支撑点供你挥霍一生

告诉你这些，是因为
在这个世界上，除了性别
我们两个人尽可以混淆。

月光潮
韩焕如

湖水倒映高楼的灯火
这五颜六色的生活逼近真实。

偶尔有蝙蝠用翅膀打开夜色
一阵风起，湖中涟漪
仿佛一万条鱼儿争相跃出水面
又被新涌出的吞噬。

一条小径
游人走近又走远
仿佛无数个我的分身
在茫茫苦海中寻找自己。

石凳上，中年胡子男送来轻柔的萨克斯
仿佛安慰走失的灵魂。

七夕，我在太行想起你
路军锋

在太行山的脚下
一条小溪从没有停止呼唤
小溪轻吻过我的脸
打湿过你我的衣裳
可自从你走出太行
再没有听见你的声音

太行山的小溪照样汩汩地流淌
流完白天流黑夜
让我每天都能想起小溪边的黄昏
是谁挽住你命运的缰绳
让我俩相爱又相聚
可又不得不分离
远在南方的妹妹呀
你是否能听见哥哥痛苦的孤吟
不知道你还记得太行脚下的小溪
记得难忘的黄昏

劫　持
杨玉梁

我当然不是说，被光阴劫持
也不是
被善良，被爱情，所劫持
我简直要羞愧了。让它能有幸
在一首诗中被指名道姓。
虽然在造字上貌似，类似于
滑雪，滑草，或者滑冰这些
曼妙的事物
却显然，它一出现
就意味着暗夜和风霜的到来
这劳什子，这疼痛，这几年来
不经意间的损害。这尘世中并不惹眼的
意外之吻

我承认已被你劫持
我现在要宣布我中年的到来
或者说，我的健康，明媚，飘逸
至此要被蒙上了一层沙土
但这显然不足以是你劫持我的理由
你这个叫滑膜炎的家伙
那些在膝盖的骨缝间蠕动的沙石和
流水
它们发源于哪里，又将流向何处
我当然不会在意被陌生的事物骚扰
但我宁愿它们像故事中的劫匪一样
露面
而不是躲在肉体的犄角旮旯，在隐秘的暗处
不知啥时，就剜你一下，让你打个冷颤

以上均选自《光线诗刊》2017年卷

《先锋诗报》诗选

创办人：晓川、黄梵、岩鹰
创刊时间：1989年9月15日
出版周期：年刊
出版地点：江苏南京
代表诗人：晓川、黄梵、岩鹰、育邦、傅元峰、阿翔、马端刚、马启代、龚学明、胡应鹏等

汲水的人
晓　川

也许该羡慕那个汲水的人
那个沉默的、亲切的面容
是我唯一幸存的记忆

汲水的辘轳辗轧转动
清澈的泉水
在正午的阳光下波光闪烁

泉水已离开井口
像想象中的逃亡者
在我们的欢呼中异常惶恐

水桶再一次沉落黑暗的深井
泉水报之以巨大的咳嗽
那是恐惧与笑容在井底的回声

汲水的人
必须坐在黑洞洞的井口的边沿
距离吞噬了他的信念与孤独

此刻，我就是那个汲水的人
我探身亲吻井中的泉水
却看到倒映在井底的怯懦的身影

行走的树
傅元峰

那些老人是怎么上路的
一棵树在走
他们的走，根深蒂固

他们怎样移栽自己到尼洋河边
带着仅够活命的泥土
他们的走，日暮途穷

羁留成都的时候
他们枝叶已枯
却约见故友
分食了各自可吃的部分

带着爱情
吃了仓底之粟
穿了寿终之衣

带着高耸人世的恍惚
一棵棵树在走
非常可观

因为雪
——兼致卫东、维生
育　邦

因为雪
我们从自由禅房中走出来
我们置下墓地
写下美和迷惘
我们用花朵供养天空
把墓志铭刻在大海上

我们走到世界的尽头

进入幽深的甬道
黑暗的浮力使我们漂浮在半空中
当我们适应，我们就感到自在
当我们前行，重力就在不停地溃败

栎树在冬日的阳光中闪烁
我们点燃一盏灯
只为自己
在漫漶逶迤的黑夜里
发光，发光
即便它没有使得
这臃肿的黑暗
损益分毫

单纯的矛盾，最后的玫瑰
瘦天使沿着山毛榉上升
时光模糊
我们到达安眠之所
那是山峰，也是大地
触手可及的雨水
正洗涤着幽暗
下降的，正意味着
更多的光和花瓣

末班地铁

龚学明

晚23点的地铁是末班地铁
归鸟靠翅膀飞回竹林，没有翅膀的人
要钻入地下

我们离开月光下的河面
那些闪着迷离动感的光，离开很软很软的风
我们在水之下，在风之上
在黑夜的黑色里，在厚厚的泥土之下穿行

涂着绿色的地铁多么虚假
拥挤的行人早已散尽，在我的对面
坐着两个少妇，她们不穿袜子的脚裸露
像乡下树林散养的母鸡外皮粗糙
所有的人埋头假寐
他们或她们都只留下一具干瘪的躯体

没有相异的哭，或笑

我突然被要求闭上眼
那些已经远行的躯壳丢弃的灵魂
在车厢里若隐若现，他们像苍蝇一样飞舞
像秋风一样沉默
没有一棵树能将全部的叶片抱在怀里
一路乘坐地铁的人在遗忘中丢失时间

那长长的自动扶梯将我拉升向上
我回过头，那地狱一般底下，空无一人

我们回家，巨大的冰箱结满了冰凌
（我们为什么要回家，地铁将沉重的躯体
停在它的家里，野风穿墙而入）
在一片汪洋中，我们做梦，开始漂荡

汉与英
—— 在冬日的弗蒙特，与美国友人谈语言

黄梵

我的汉语，是你英语的密码
你丢了密码本
我说的粗话，已不会让你脸红

你的英语，是我汉语的密码
你说得再多，你的话也像这里的雪
让我问路的脚印，全都走错

我带来的汉语是一支歌
歌词像脚印，纷纷掉在地上
它们说，我们是冬天的标签
却不知该贴到哪种酒瓶上？

要听懂铁锹的劳动，还需要语言吗？
我合上英语课本，突然明白
没有皱纹的雪，最能称出劳动的重量

这里的大雪，说着另一种语言
它把造出的新词，撒满天空
填充着汉语和英语的空洞

以上均选自《先锋诗报》总第16期

《关东诗人》诗选

主编:吴耀辉
创刊时间:2013年
出版周期:季刊
出版地点:吉林辽源
代表诗人:董喜阳、吴耀辉、顾联第、王林凤、宫白云、张晓民、王丽颖等

再写中央大街〔外一首〕
王丽颖

那些发着银灰色光的石头
是会呼吸的
它们是活着的
活了几百年
将更长久地活
如果它们可以当面包充饥
而不是只叫面包石
但它们的确抵消了我们的某种饥饿感
我喜欢走在这些石头上
来来回回地走
无数次地走
仿佛一直走
就能走到我想去的地方
鲜花、少年、牧师和白蜡烛
我年轻美丽的祖母
坐在她爬满葡萄藤的门廊
用她白雪般的胸膛迎接我

马迭尔旅馆

我喜欢这样叫你
而不是现在的
我喜欢旧日的古朴和幽暗
以及慢条斯理
从容不迫的分针和秒针
想象着
沙发座椅和咖啡都蒙着一层暗黄
大厅两侧的壁画上都是久别重逢的老朋友

穿过他们
在走廊的尽头
我想打开一间屋子
去完成这首诗

重拾身份〔外一首〕
董喜阳

水边池塘,藏有隆起的墓地
选一处光照好,水源殷实的给自己
那里将来要盖房,种植庄稼
设置一个窗口对准蓝天
看四季变化,赏过往云烟
每天都下地耕种,喊一下路人的名字
当有人回头张望
挪去他们路上的绊脚石,障碍植物
让汗珠重重地砸进土地
像我活着的时候一样
要偷学技艺,练习语言
不当强盗,不做文盲
热爱这个世界,就像热爱我的欲望
放弃贪念
像我当年戒掉理想一样简单

在雨中

惊讶于今天的雨滴
亮相在阴冷无风的大地
好像一整天的阴郁与忧伤全在那里
根须向下,目光仰望天窗
泥里钻出骨刺,而天空生出疖子
我就平静地走在雨中

没有雨伞,没有牵任何人的手
只是晴朗的关卡在前
仿佛一万条街道向我示好
我就从容地站在雨中,没有向左,
也没有向右。如苹果未落之前
呆在树上,一动不动

我无法挪动某些扎根的事物 〔外一首〕
王林凤

大片的蝉声不能漫过黑夜
一场暴雨也不能
树木、山丘是平原突兀的部分
而星子发不发光都是人间的不动产
我无法挪动某些扎根的事物
例如秋夜的凉雨
一遍遍敲打老家的屋顶
门前老树总会让人生忧
例如火车每次鸣着长笛从暮色中穿过
我都会想到相聚,或者别离……
草木苍然
一盏灯火往往会使人犯错
而月光拮据
失眠的人开始贩卖孤独

落

太阳在我够不到的山顶
就要落下去了
一只飞鸟的影子,一棵单薄的树
河水向西奔流
衣衫褴褛的人,背对着风
饮下荒凉和清苦

村庄陷入深深的空寂
炊烟试图勾兑磷火

而雨水一再压住墙头
天完全黑下来时
雨会停。我却越来越担心,堵在风口的
那枚旧月亮——

阅 读 〔外一首〕
孙 颖

陌生人藏身书里,用文字下蛊
仅用一下午,就度过一生的跌宕
我走出我自己,走进陌生
成为别人的女儿,妻子,母亲
在付出,得到,失去中抽身离世,融入泥土
我仍是我
太阳悬在天上,树的影子投进草丛
午后,没有风
阳光从脚下挪到头顶,那么耐心,而细致
仿佛我是另一本书
一个又一个蛊,正通过我,走向人间

绳 子

路是走出来的
但是,人类并不关心一条路的命运
他们不停奔波
从出生地向远方迁徙
走了很远的路
许多人由陌生变得熟悉
也有一些熟悉的人变成陌生
他们行旅匆匆,从幼年学步,一直跋涉到暮年
他们使出全身力气,被路绊倒再爬起来
他们始终在路上
没有人发现
路是绳子,绑住了每一个人的脚

以上均选自《关东诗人》2017春季号

《军山湖》诗选

创办人：雷茂辉
创刊时间：2011年4月
出版周期：季刊
出版地点：江西进贤
主要参与者：雷茂辉、傅磊、周启平等

听说家乡下雪了〔外一首〕
玉上烟

听说家乡下雪了
我拿着汤勺
感觉雪也下到了我的房间
我有几年没看到下雪了
我往汤里加了一勺盐
就像加了一小勺雪
听说家乡的雪下得很厚
他们说，或许南方
也能看到一场雪
雪终究没下到江南
雪后来下到很远的地方去了
我总觉得有一场雪
还在等着我
雪也曾爱过两个单薄的人
那年冬天
我们在雪地里走啊走
细密的雪落满了我们全身
那时候，我们都相信
世界是纯白色的
我们的鞋子湿答答的
我们呵出的气，又白又甜
那是多么好的一个雪天啊

雨

那时候，我还在上课
窗外传来微弱的雨声
孩子们正在写关于植物的作文
雨时断时续
像那个迟疑的小男生：
"墨绿的枝叶间……
白色的栀子花，像小鸽子……
雨后，它们一只只跌落在地"
我想起了曾在阳台踯躅的鸽子
想起了一个忧郁的人
他已经平静，和我一样
悲伤也全部熄灭
并重新获得了一种信仰
窗外栀子花还在盛开
小虫子专注地吸吮花蜜
雨点滴答如轻柔的话语
一切如此纯粹。教室里
孩子们正在书页间美的事物里旅行
雨淡然，闪亮
完全忘记了我们

选自《军山湖》2016年第四期

这安静的沉溺，无人知晓〔外一首〕
雨倾城

养小动物、多肉，望白云
等梨花开、桃花开
有时停顿，心里跑马，遇打柴人于山坡
光阴止于蓝，止于春风乱吹
止于某年某月，遥远的小镇
诗和流水

一个下午过去了

随随便便坐树下，赤足，认真地想一个人
饮茶，散步，阅读，或者四处醉酒
空无
野花开落，慰平生意
我去还是不去
——这安静的沉溺
无人知晓

删 除

瞳孔里删除火
干瘪的乳房里删除抚摸
靠窗的位置删除岁月
微信群朋友圈新浪微博电话联系人删除纠结
去还乡河马蹄泉景钟山的长途中删除爱恨
燕山路幸福道旁的人流攒攘里删除悲戚
桃花出嫁的园林删除幻觉
无边的孤寂里找你的路上，再删除一个
提灯的我

我听到了锈的牙齿〔外一首〕
马启代

我听到了锈的牙齿，咬噬铁丝的声音
一天一天，坚韧的挺进，直指铁的心脏

锈是凝固的阳光，钙化了的目光
是命运磨出的带刺的嘴唇

铁在存活中长满了伤痕
每一次呼吸，都锈迹斑斑

骨头里的骨头在流失，如一条大河
运走了河沙，一天天坍塌下去

我扛着一颗硕大的露珠，正被风压扁

我爱过每一楼春风，像万物一样
现在，我热爱每一缕秋风

我从不讨价还价，给一点阳光，我就灿烂

我知道没有永恒的事物，早亡早生，像草
总是绿着来，枯着去

这半生，我与火焰擦肩而过，差一点淹没
如今，我终于上岸

我扛着一颗硕大的露珠，正被风压扁
风知道一颗露珠体内的风暴

以上选自《军山湖》2017年第二期

温暖得多么奢侈〔外一首〕
王春芝

这苍茫的人世，温暖得多么奢侈
我们需要恰到好处的距离
许多爱着的人，选择把心事各自怀揣，各自沉溺
以至于，始终无法找出通往春天的路径

如果手捧蚕茧，都无法抽丝，编织彩虹
如果这阴郁扑面的南国，一直不能被白雪覆盖
而我们又没有一朵梅花，来相互赠予
不如溜出人潮，作茧自缚

有些事只能是遗憾

晨光已退，留一片澄明在窗外
进入视线的，不再是重叠争荣的众楼
苍穹之下，唯沉默于衰败的老房子，有沉思般的
  美
枸椰树把这个清晨的冷，演示得过于形销容瘦

亲爱的，我在做最后一次尝试
如果不能抱紧彼此，就放手，抱紧各自的内心
我想把这么静谧的早晨送你
它宽厚仁慈，足可以安放你流浪无依的灵魂

选自《军山湖》2016年第三期

《西府诗文选》诗选

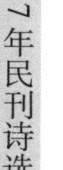

创办人：鲁翔、方冲天、李江涛、李宝萍、任雪莉
创刊时间：2012年2月
出版周期：不定期
出版地点：陕西宝鸡
代表诗人：杨广虎、李喜林、秦巴子、白立、白麟等

奶 奶 〔外一首〕

梁亚军

那是一些让人出神的午后
病中的身体，在拖延着一个孩子的内心。

窗外的落日，被一次次地误读。
窗外的落日，如一只下山的病虎。

"老虎也有时常出走的灵魂。"
"万物互为替身，这就是疾病的根源。"

我的奶奶这样说时，夜色浮动
她已嗅出万物体内一模一样的病症。

当她对着黑夜，对着虚空喊我的小名
说明她已经看到了我出走的灵魂。

二十年前的夜晚漆黑，我们守着一口铁锅
守着铁锅下埋在灶膛里的一只鸡蛋。

昏暗的灯光把我们的影子描在地上
我叫她奶奶，出走的灵魂就得到了接引。

我记得她的河南口音已经渺无音信
我记得1942年逃荒的路上她的人生毫无准备的
　来临。

丧 失

正是死反复地抓住我们
正是死者使我们成为余数
昨晚，他们又结伴而来
死于煤气中毒的表哥，父亲，姥姥
多年来，正是他们
把我的心剥了一层，又剥了一层
正是他们，让我活在
一群死者的眼光中
活在无常的丧失中
正如活在日出日落的消磨中

那年的阳光

木 木

孩子的奔跑是金黄的
麦子的抽穗扬花是金黄的
一棵树的长高和它承受的爱情
也是金黄的

当那束光的根须
穿过灰尘和斑驳的光影
从一朵花抵达，另一朵

身体里的隐疾，满腹的冤屈
父亲病重时我们千辛万苦
找到的那枚黄梨
都通通发出金属的声响

疼痛贴上封条
再一次，当路过那年的阳光
我一边默念这人间的悲凉
一边继续把尘世当作天堂来爱

以上均选自《西府诗文选》A卷

《轨道》诗选

主编:孙立本
创刊时间:1999年8月
出版周期:半年刊
出版地点:甘肃岷县
主要参与者:孙立本、郑文艺、潘硕珍、景晓钟、高耀庭、包文平、雷撞平、海郁等

林 间 〔外一首〕
蒲永天

旧年的枯枝落了一地
无人捡拾
那些年,祖父总在风中追着枯枝
一抱一抱地捡回来
粮食一样,整齐地码在屋檐下

那些年,祖父会花上半个早上的时间
用枯枝在火盆里慢慢煨茶
祖父枯枝样的手指
熬出中药一般苦涩的茶水
烟熏火燎,啜饮那些老慢的岁月

如今枯枝撒满一地,懒懒地不见人影
树木也没有从梦中苏醒
古老的春天
全是寂寞的味道
枯草枯枝埋没新的生机
有些恰巧在我的脚底碎裂作响

那时的雪

一下,就是一天,或者一夜
天地皆白,照得人无处可逃

早起扫雪,一车一车往外拉
那时还不懂得堆雪人
只有一地的无奈

那时整个冬天就在雪地里
疯玩,冻肿了手脚,也意识不到

那时似乎还不懂得美
记住的只有吃雪和留在雪地里的脚印

丝路上滑动的经声 〔外一首〕
孙立本

僧侣、使节、商贾、兵吏,他们来自遥远
来自丝路的深处和记忆

风沙呼啸,风沙是大漠上最粗粝的雪
把那些来而往复的身体拍打
一遍又一遍

寺院和石窟:丝路上滑动的经声
北石窟寺、炳灵寺、麦积山石窟、莫高窟……
它们像一口口饱含禅意的钟
让行走的时间缓一缓
让奔波的脚步歇一歇

负责"贴马群"和"贴驼群"的沙弥
从马背和驼背上卸下驮子
里面有盐巴、药材、布匹、糖、碱
和我们想要的东西

他们牵着牲畜穿过寺院,他们知道
它们的存在。四通八达的驿道上
有它们负重的蹄印

有它们交换的物资

丝路，寺院，石窟，僧侣
他们租赁，以租赁祛恶
他们搬运，以搬运持善
他们诵经，以诵经表达内心的宗教

敦煌的守夜者

十年前，我曾在这样的夜空下赶路
在丝绸古道，在敦煌
沙迦寺的红墙外，我躺在沙地上
满天的星星鸣叫着
像我难以收拾的心情

我描述过它们，当黑暗
吞咽下巨大的轰鸣，那些星星
透过寺院金箔的穹顶
依次洒下来，如经声从我身边滑过

十年后，那些星星，当它们再一次
从茂密的天际浮出
透过沙迦寺与我相见
它们的明亮，依然那么晃眼
仿佛所有的光，都毫无变化
十年了，我是敦煌孤独的守夜者

她要是回来问起我

包文平

柴门之内，我把一切都收拾妥当了
梅花树下的土是新翻的，散发着朦胧的香气
倒下的篱笆已经扶正，我把酒还放在原来的坛子
　　里
文火温热，就可以驱离陡峭春寒和满身的孤独
她要是回来问起了我，你就告诉她
柴门虚掩着，轻轻一推就开了
屋内还是原来的样子，老照片挂在墙上

像她喜欢的那样，桦木做框，有旧时光的味道
这么多年，南山的菊花开了谢了谢了开了
融化成了暖暖的泥，我也没有心思采摘
墙角的石凳上新落了几枚竹叶，我一直在想
一个有关她的比喻：晨起倚窗前，珠帘轻卷
轻柔的光线拂过眼睑之后，微微蹙起的眉……
以前的日子里她就坐在凳子上，读着一部宋词
她要是回来问起我，你就说月光溶溶，杏花疏影
　　里
我用每一个夜晚为她写诗。但不要说出我的名字
她要是回来，问起我，你就说"天气真好啊"
——其时，外面可能正在下着雨

母亲睡在地的胳膊弯里

何水明

这是一块向阳的坡地
避风、温暖
母亲睡在这里六年了
六年来，我在人世间行走
母亲没有说，地下的冷暖

又是清明，我跪在母亲面前
祭酒、献果、烧纸
母亲无言。她曾在这里
扯燕麦，给当归锄草

暮色苍茫，夕照向晚
我们都起身回家了
母亲没有跟着我们回家
也没去别的地里

似乎，依然呆在那块地里
扯燕麦，给当归锄草
累了，就睡在地的胳膊弯里

以上均选自《轨道》2017年卷

《阳城诗歌》诗选

创办人：荒村
创刊时间：2017年7月
出版周期：不定期
出版地点：河南商水
代表诗人：荒村、罗爱民、吕俊杰、许金堂等

暮色苍茫
杨 通

四散的云朵就像路边将要谢幕的百合花
你筚路蓝缕，琢玉未成，匍匐在一溪走累了的流
　　水上
目送赶羊的少年，在青青的草丛中牵扯怀抱里一
　　缕缕温柔的炊烟
来不及转身的向日葵继续在田野上描绘金色蓝图
知更鸟回到闲散的巢里等着为孩子们数星星

一只松鼠跳过密集的墓碑
险些被为落叶入殓的蝼蚁们绊住了寻欢的脚步
万物暂时停止飞翔。你坠落在丝绸般荡漾的晚风
　　里
临渊羡鱼：垂死的夕阳美得令你顾不上望一眼远
　　方暗下来的天穹

身陷苍茫暮色中，你就像那朵谨言慎行的百合花
还是忍不住孤独而轻微地颤抖了一下
你告诫自己，没有什么害怕的
即使黑暗降临，也有温暖的虫鸣撩动心弦

你想起故乡的屋檐下那个为你凭窗执烛的人
情不自禁地对身边的百合花说：水一低头就到了
　　秋天
我欲安眠于这时光的静美，心却依旧能够梦见尘
　　世最热闹的灯火

"我多么傻啊，居然就这样不明不白地爱了一生"

选自《阳城诗歌》第二期

田河村，一只斑鸠在叫
陈锡让

向晚的风很大，大朵的白云吹走之后
它好不容易借助树枝才稳住身形
它知道夕光翻过山梁，田河村将陷入灰暗
它知道树荫与自己消隐于暮色中的过程
它得叫，干净地叫
它的叫声开始充满了友好与警觉
是的，夜晚将临，它就要在树荫里栖身
在此之前，它还没有将月亮吐出来
它得像一片新叶属于一棵树统领
它更加诚实地愉悦，或哀伤
这在人世中，是多么复杂的一件事情
于爱，又是多么简洁的一件事情
它得叫，干净地叫

我不知道它是不是从城里飞回的那只斑鸠
是不是曾经短促，沉闷地叫过的那只
但那种叫声是断裂的，能把卑微与敬畏，叫出来
但现在，它孤单地站在我眼前
在我看得见的地方

选自《阳城诗歌》第一期

《陆诗歌》诗选

创办人：颜非、江浩、胡翠南
创刊时间：2007年
创刊地点：福建厦门
出版周期：年刊
主要成员：颜非、江浩、胡翠南、子梵梅、陈功、威格、高盖等

春　水　〔外一首〕
张漫青

拧开水龙头
水是凉的
敲下一行字
字是硬的
无端去写诗
你看，春游的人们，个个风华正茂

你看，春水清洗梦境
连杀人现场都洗得干干净净
我无端端去写诗，写春天，写无端端的春天
成为一个负责押韵的人
一个把春天押送刑场的人

打开一盏灯
夜是凉的
无限美好的凉
似水流年的那种凉
字里行间无端端的那种凉

春寒料峭

这是一个春天
古人说春寒料峭
真可怕
叫你冷，就冷
冷下悬崖

这是一个春天
一个正确无误的春天
百花齐放，万物肿胀
你瞧，真美
美啊，像回光返照
像失血的嘴唇从镜里取一枚口红

生病记　〔外一首〕
海约

咳嗽像野兽
奔突而来，占住山头
而嘴里叼着的烟，看上去很像
一株枯木
它燃烧的姿势
隐秘，以至你未能发现
浓烟裹着的身体
渗出的忧伤
是一截有着足够温度的时光
摇晃着这铁质的床
恍若人世间那些转瞬即逝
的事物。
为了维持一种平衡
我用冰凉的左手握住持续高烧的右手
让它们相互抵抗
彼此相爱。

雷雨如期而至

在鼓浪屿
一个乌云密布的下午

雷雨如期而至。我们却希望
树木能够
捉住一些影子。甚至
于尘嚣之上
在静寂中逆光而行。
以至,在节节败退的海浪声中
仿佛听见一曲古琴音就像
六月未结的果
落入大地。
而逆光而行的人
一直都在自己的影子里
寻找光
以及,闪电。

这是什么样的生活
上官灿亮

你冒雨洗鞋,我火上浇油
你含泪煲汤,我就愤怒饮酒
你是不是越煮越无辜?我的空腹
可以加剧酒精作用
我越饮越晕却不喝你的汤
你越煮越无食欲却仍然在煮
这是什么样的生活
让我们无言却互不平息
孩子在一旁喊饿,筷子敲击碗
鸡蛋终于敲开石头
似乎只有这样,才能促成
某种和解

在路上遇见我 〔外一首〕
吴银兰

在路上遇见我,我是平凡的路人
在工作的路上,去买菜途中
漫无目的闲散无事之人
在路上遇见的我
不可能画着精致让你喜欢的妆容
我尽力装扮成靠谱的路人甲乙丙丁
尽量不引人注意

尽量像不存在一样存在着
尽量做一个没有故事
表情冷漠内心空洞的人
在路上遇见我,你也可以撞死我
看我鲜血染在污泥上。

如果我是潘金莲

你有这样那样的缺点:
抽烟、酗酒,说粗话,
吃面吧唧作响,双腿习惯性抖动。
笑声如炮鼾声如雷。
爱吹牛,建牧场,
牛不吃草却只只肥膘。

你不高大,且面容黝黑。黑暗处,
更只见你的两排月牙似的白牙齿。
衣衫褴褛步伐微醉。

夜夜里,你在我的左边,
用你的胸大肌,让我落枕而眠
说肉麻的情话。

仅此而已,我将爱你如命。

在月光下写作
冰 儿

月光下,果实全成熟了
来到树下,用手轻轻摇晃树枝
金黄色的果子纷纷掉落
夜深人静,采摘安静无声
只我一人听见了果实内部生命流淌的声音
像此刻桌上的墨水瓶
通过我手中的笔,涌动血液流淌的声音
十多年过去,这支笔逐渐收敛了斧头的锋芒
持续着轻盈的表达
而这些文字也果实一样熟透了
只在关键处稍微用力
整个世界就安静下来

以上均选自《陆诗歌》2016年刊

《国·鼎文学》诗选

创办人：白兰地、皿成千
创刊时间：2010年8月
出版周期：不定期
出版地点：广东深圳
代表诗人：彼岸花、倾红尘等

鸡 鸣
天 岩

我挺喜欢这个赖床不去上朝的官员的
鸡叫了，快起来上朝吧，夫君
那不是鸡叫，那是虫子在叫
天色都大亮了太阳老高了，快起来上朝吧夫君
那是月光好不好，老婆我们再一起进入梦乡吧
想必天下安好，君臣和谐
想必偶尔一晌贪欢不会有仕途性命之忧
想必夫妻恩爱有趣，耳鬓厮磨
想必那晚的月色确实很好
墙角的蟋蟀提前叫醒了睡眠中的公鸡
其实在鸡鸣声中醒来，上朝
或者披着月色到土地里种植或者收获庄稼
到桌凳摆放随意的学堂里等待陆续而来的弟子
到山岭采摘沾着露水的浆果
是一件多么幸福的事情
在这个时刻，躺下就是夜晚
坐起就是白天

骑 士
星 芽

我意外收获了三颗苹果
它们气宇轩昂　偏执　成熟
又时刻危机四伏　把苦涩的投影缠在蒂结
我一边感受来自桌面腹部的动荡
一边把一颗苹果摆在另一颗苹果的上面
再拿第三只苹果击倒这只脆葫芦

我吹一吹口哨　它们不再立正　并飞回桌面
像几分钟前那样安然无事
平静的气流中漫溢着死神的悲戚
天边传来金色的号角
我犹记得这些食物最古老的律令

倘若楼底是一片黑土
它们残破的盔甲和墓碑上
将会长出三月的苹果花

在竹村，我把我的身体拆成鸡零狗碎
刘桃德

现在，就算是闭上双眼，屏住呼吸
我也能想象出竹村的具体位置
在竹村
我把我的身体拆成鸡零狗碎。我把我的时间
交给工业区的立强厂，我想让它在铁水浇灌的车
间里
开出一树一树的金币花。把我的头颅
扔进出租房的黑夜。颤动的梦想切开夜色。
把结满老茧的双手交给笔墨
文字如梦想。叮。咬。笔上生花。
写在身体上的阳光开始泛光
所有的部件一一拆散。眼睛、心脏和双脚
交给星星、太阳和大地。
唯独灵魂还在。回到故乡，交回给我的母亲。

以上均选自《国·鼎文学》第6期

《抵达》诗选

创办人：汪抒、江不离、尚兵
创刊时间：2008年
创刊地点：安徽合肥
出版周期：年刊
主要参与者：墨娘、东隅、李庭武、子艾、凡墨、丁一、王运超、卢顺琼等

暮春游富春江〔外一首〕
汪 抒

后来我才辨识出它的流向是东北。
两岸缓缓闪现的树木、民舍，还有废弃的厂房
和烟囱，
都显得太轻
压不住呀，那一川江水明媚的汹涌。

拐弯之处——内弯部分的江面上
略微平静些。
而外弯，更大面积的江面上
波涛迭起。
江堤平平，远山连绵于视野开阔的最后方。
（山体发蓝，甚而淡灰）

阳光耀眼地描画那陈旧的涵闸。
像一连串急速的镜头
码头瞬间而过，但它却挽留住
那两条空泊的铁驳船。

也有满载的一艘，在粼粼的江心。
水面几乎接近船舷
这艘标明来自建德的货船
它孤独地穿过桐庐一桥，
接着
穿过二桥。

右岸的高楼逼人，它们把身影
按进壮阔的水中。

那一刻我突然感觉，日月不是
悬挂在天上，
而是浮动在摄魂荡魄的
江底。

江 豚

船只稀少，也许是
这里的江面足够宽阔
每一艘船行进得都很缓慢
且间隔遥远的距离

日光迷离，尤其是它作用在
动荡不定的波涛上

仿佛整条江携带着大地，默默地移动

一群江豚，隐隐地露出
它们春天的脊背

岁月不明呵，再开阔的胸怀
不是一切都能明了

从我的脚底，仿佛有什么已被抽走

墙 〔外一首〕
紫蝶丫头

我看见的只有钉子
密密麻麻
你我都是拿锤子的人
每个拿锤子的人才是真正的墙

我们看见的这面只是障眼法
钉在墙上的钉子
也钉在自己的血肉里
空气会让钉子生锈　脱落
留下空洞
如同一个个漩涡
每个刮风下雨的日子
我们就会被卷进去

那　岸

体内藏有一座火山
岩浆沸腾
我要去庙宇引高山流水
解自焚之灾
从七月起程
路过秋雨，霜降
路过西伯利亚寒流
路过很多蝴蝶的尸体
将它们一一掩埋
所埋之处
有庙宇拔地而起

反光问题　〔外一首〕
尚　兵

一面镜子　假设一次、剩余一次
先是主次后是主仆
本来反光偏要参考"哎哟、哎哟"
要多事了
要发明镜子的主人
男的女的归属的三五秒　反光问题解决白发问题

合欢花

一朵合欢花当然随意
十朵合欢花将忽视合欢花的存在
此刻出现一个人他更加随意：称合欢花为暗香而
　　暗暗使劲
要是出现两个人情况截然相反
他们意见可能会产生分歧而合欢花也仅是合欢花
　　而已

我的手拎包
卢顺琼

手拎包里装着一个化妆包
化妆包
装着一支眉笔、一支眼线笔和
一盒胭脂

眼影和口红都是双份
就像是装了白天和黑夜

手拎包里的钱包
有时鼓胀
有时空瘪
有时，许多张脸望着身份证上我的脸
有时我
被生活挤压成薄薄的一张卡在
空荡荡的钱包里

以上均选自《抵达》2017年刊

《杯水》诗选

创办人：柳苏
创刊时间：2010年1月
创刊地点：内蒙古鄂尔多斯
出版周期：不定期
主要参与者：柳苏、孙俊良、阿吉、鲜然、麦子、柏东明、温秀丽等

看啊，芦苇
芦苇岸

想要抽走时间的骨髓
不是不可能
你看那片芦苇，白茫茫
看它们的骨头空了吧
看啊……你看久了
它们就是一片白茫茫的风声

走不出的岸
温秀丽

在构想的一些场景中，我看到你
和我一样以昆虫的触角摸索着方向
混迹于红尘中的孤单
是分不出新旧的

岸不远不近
正好在一个寂静的地方
等着被一个人喊回
流水，春风，盛开的桃花
它们的繁华和辽阔我无法触及

我的背包是空的，心是空的
仅有的一点蓝除了给自己一小片宁静

已所剩无几
只能在一个个文字的微光里，温顺成一朵小浪花
至于岸，它不动。水在水里，岸在岸边

如今，我是个被驱赶的人
离 默

夏夜中有湿润的涟漪
雨后的风暂时偏向安寂

懒散的我坐在黑暗中。远处
黄色的灯光在扩散
虚幻，迷蒙着远且美好的虚幻

夜风中传来棋牌室的洗牌声
妇女的嬉笑，男子的粗口
还有马路两边高大的樟树叶的摩擦声

车辆的发动机，急躁而猖狂
毫不吝惜，煞地剪开了夜的安宁
雨的嘀嗒声，又轻悄地浮出夜的黑亮

我想起了童年，我所习惯的安宁与美好
不过就是现在这样的市井
如今，我却是个被驱赶的人
被内心的光明赶向黑暗，仿佛一个流浪者
带着陌生的审视，经历我所熟悉的熟悉

以上均选自《杯水》总第23卷

《诗行》诗选

创办人：罗国雄、宋炜、龚盖雄、龚静染、潇潇等
创刊时间：2017年1月
出版周期：不定期
出版地点：四川乐山
编辑团队：梅隆雪川、阿洛夫基、徐澄泉、朱仲祥、南山、程川等

马的名字 〔外一首〕

阿 来

下面尘土翻滚，上面
是飘逸的云团
中间是一道闪电
击中了大地裸露的神经
那种夺目的光芒，击中了
从天而降的鹰翎的锋刃

在如此空旷的地方
大路迅疾向西
是黎明时分，我想起它们
一个个名字，湿润而又亲切
就看见一匹匹马的出现
在飞掠向后的景色中
带着露气与云雾
泥土与花朵混合的气息
由低到高，由晦暗到明亮
顺着上升的气流，马的名字
一一出现，金鞍银镫
叮当作响，如此腥膻热烈
汗水的气味啊，血的气味啊
汹涌在日出时一片金光中间

庞大家庭

庞大家庭
血脉贯通并抵达
一张张脸，闪烁，犹如生动的铜盆
那么茂密，入药的罂粟，藏红花
在园子里开放，色彩浓重

这是迅速勾画的一个场景
一次夏天，一顿午餐
在高大坚实的家屋外边

祖父的额头日渐光滑明亮
和祖母的手臂一样，和
紫檀木雕成的一样，回声犹如黄铜
家人团聚的日子，在中央
多皱纹的父母承上启下
传递奶罐、茶、辣椒、盐
盐闪烁像奉在门楣的白色石英
我的同辈，兄弟姊妹
这个说：饼，那个说：奶
每一张脸彼此相似，都像
树上被晒出紫红的果实
悬在空中是很长的时间很宽的空间
现在，听哪
茶在大家庭的血脉中声音细软
酒在大家庭的血脉中声音粗放
血脉贯通，同一种血抵达
一张张坚定固执的脸，声如铜缶

稍候片刻
表妹们，堂兄们
将要来到，第四代人在寂静的正午
在姐姐们腹中制造震颤
家园的堤岸坚实而庄严

不 死 〔外一首〕

余幼幼

你要了解我
就必须吃掉我

我割肉给你吃
挖心给你吃
挤奶给你吃
你要像对母亲那样对我
对妻子那样对我
对女儿那样对我

你要像找到了信仰
找到了一个
永远饿不死的工具

不着急

人总是要胖的
乳房总是要下垂的
肚子总是要隆起来的
所以我不着急

不着急得到岁月的惩罚
不着急坐到
精神科医生的对面
给他讲述黄体酮如何催促
梅雨成为六月的例假

我不会错过与你相遇
也不曾错过任何一个生理期
即便你坐到我的对面
穿着白大褂
告诉我
爱情是用来治疗的

以上选自《诗行》2017年第2期

梦见了群山 〔外一首〕

龚静染

在梦里的群山上
云朵不是我的
秋天不是我的
山顶的金子也不是我的

但有个声音在说
轻雾是天堂的
飞鸟是喇嘛的
站着的地方是佛的

是风听见了它们
就像豺狼听见了溪水
萤火虫听见了黑暗
而虚无在一场大雪中
变成了聋子

石 头

谁没有见过石头呢
但在石头变成石头以前
谁也不认识它们
我们看到的石头
坚硬而冰凉
没有一个棱角能够
映照世界
也没有人把一块石头
永远放在手心
但在石头变成石头之前
它们同星星一样
也会发光
也会在幽暗的天空中
排列有序
但石头到底是什么呢
可能石头也不知道
它没有嘴唇
也没有耳朵
而这只能想想而已

在鬼城丰都江边打太极

　　　　　　　　李　斌

风声只止于脚步，我在江边停下来
昨夜的雪已化为水顺江流
江水清，不透
如果见底，看到的只能是泥或沙
真正的清澈，厚如镜
看到的是自己

我是尘世中随波的一粒尘
一直在逐流，这江水一涤荡
我想成为这江中一滴水了
尽管也随波，也逐流
但再高的浪，都是干净的
连鬼城判官手中的笔每勾画一次
都要在这江水里清洗一次
否则就有冤情

我打的太极进入收势
头顶的气沉入脚底，立地
打开的双手抱起一江胸怀
顶天的宽阔如此
那东地狱西地狱所有的刑罚
都不如这一江清水的洗涤

凌晨之诗

　　　　　　　　程　川

半夜里醒来，听虫鸣的人
是幸福的。夜色多么辽阔
好比生活

我每天用这清晨
最甘洌的空气、青草，和水
喂养和放牧心中的一群羊

是的，生活多么辽阔
我用这夜夜失眠的热爱来
拥抱。辽阔的夜色覆盖着的
或许不是青青的牧场
而是迎头扑来的荒漠

荒漠的尽头，有狼的绿眼
它和我的黎明一起到来

小凉山

　　　　　　　　罗国雄

天空疲惫了，可以躺在云上
听大地的诵经声
河流疲惫了，可以靠住大山
掸掉心上的风尘
十万大山疲惫了，天下的草就黄了
芦苇们轻扬的白发，像一个个
飘忽而不肯逝去的梦

我疲惫的时候，小凉山暮色凝重的眼睛
将收回全部的日月星辰，溶成滴滴热泪
让我可以抱着她们，熟睡到天明

以上选自《诗行》2017年创刊号

《诗东方》诗选

主编：寐影、语嫣
创刊时间：2016年11月
创刊地点：台湾台中
出版周期：不定期
主要参与者：寐影、语嫣、沐心、笃守等

卑尔根 〔外一首〕

非斐

往北是寒流，往南是鱼群
船长，我在冷暖交错的木材厂边上
阿夸维特，烈酒
就如你难以驯服的小个子领袖
这里的黑夜充满炉火
我后院的针叶林
山丘，我枕上的北欧方言
你航程上搏斗大鲸后一丝耳后凉风

塞维利亚

爱上葡萄酒，如爱上热情的西班牙女郎
靠港是另一段冒险的启身
你渴望故事里的东方
我交出沉船的宝藏
航海者在每一座港口诞下私生子
而我钟情塞维利亚胸脯高耸的姑娘
我们的话题：大西洋的洋流变了，爪哇国
发现文明遗迹
海盗归顺了他的祖国。
我将避开风暴，绕过私掠者
相逢你的新大陆

三遍茶

麒麟镇

一遍茶微苦，匆匆忙忙
从林荫中回家，肩膀湿润
膝盖中的钢钉锃亮且酸楚

二遍茶，我爱的女子住在死亡的蕴藻气息中
每次我叩开门扉
总要先决定，这一天先恋上什么

三遍茶以后，我在饭桌旁摆好碗筷
菜已凉，酒未满
而生活仍以熟悉的节奏继续

我爱你，但请把杯子里的茶
换成酒

胭脂扣

山东国哥

明月驶来屋顶，像一盏孤独的尾灯
已有数年，令人无法接近
瓦是青瓦，唐代的青苔长在上面
弧线略显丰满，押韵，模仿故国长安的酒肆

霜降。前朝胭脂尚浓，瓦舍柳词
极近香艳，极近
雕栏玉砌，可堪流连
彼时我从山东起身，已然
晚矣，路途中尚需躲避
战乱和野店秘制的蒙汗药
好在孤身一人，自不必担心生死俗事
想赎出扬州酒店那位患病的歌女
也只是想想而已

以上均选自《诗东方》2016年创刊号

《诗洞庭》诗选

主编：李冈
创刊时间：2016年
出版周期：不定期
出版地点：湖南岳阳
代表诗人：鲁橹、曹利华等

桃花山诗会记
李 冈

我和春天之间只隔了一层雨
而我乐见这样的场景：春风撩开雨雾
大地祥和，鹅黄扑面
一群写诗的人没有惊醒鸟声
选择了一年中的好时辰
在通往三国的古道上聚集

我相信人间的美好正被一棵千年银杏收拢
打开时，春光倾泻
万束光芒射向仰望的人群
只需一束便够了，哪怕沾着雨水
便能让满坡的树影集体噤声

甚至，连山泉也无法衬托庙宇的静寂
它流动时，山是空的，心是空的
慈悲不过就是一泓春水
出家人将春色藏在一盏清茶下
还未抿，就放下了心底的杂念
我的杂念来自一朵桃花
还来不及记下它的名字
便在山壁上绽开成我前世的模样

祈 祷
鲁 橹

下过雨以后，空气中的泥腥味旋转
我需要确认，你真的来过这里
你真的许诺了愉快的绿荫，独自
去了一个人的午后

没有人生来是一成不变的
如果不祈祷，会成倍地放大
光线中有细小的镣铐
我有悲伤的心

新朋光临，风景暗昧
这根捆绑我的绳索
且作余生的长椅

引 渡
曹利华

平原阔，炊烟上升，远天的落日还有
一根银针
引渡着苦刈的世人，春天有百分之一的爱就够了
胡子拉碴的田亩就是伟大的父亲，虔诚的祈祷
梦想的圣像，养活了我，太阳照临我的后人
手上的稀泥涂过暴雨过后的虹
也会拉高一串害虫的挽歌。在土丛里蠕蠕地动
是一条傻傻的蚯蚓精彩地演绎泥土

在春天，百分之一的爱给自己
百分之九十九的爱给了田地
踏扁许多田坡，我也会染黄一块乡村
我爱的星子一个一个贴在天幕上
走着，瞧着，一块会笑的泥巴
陪着贬谪田边的摘星人

以上均选自《诗洞庭》总第三期

《客家诗人》诗选

创办人：鬼叔中、离开、惭江等
创刊时间：2016年1月
出版周期：年刊
出版地点：福建宁化
代表诗人：陈会玲、柯桥、陈玉荣、惭江等

舞 台 〔外一首〕
陈会玲

那片迷人的光牵引她进入
一生中的童年拉开帷幕
衣衫褴褛的女孩，牵着牛绳的手
被勒得通红。牛的饥饱
决定她一天的内疚或成就
她爱它，远胜爱自己
远胜成年后爱任何一个人
他们桃花一样的心，被看透
被石头一样的沉默所击碎
老牛带着刚出生的小牛
卖到另一个村庄。野草沾满泪水
她把头埋在了双膝间
远方收留了她的青年和中年
两座荒废的花园，闪着铁锈的光芒
晚年的钟声响起，舞台的灯光熄灭
她转过头来，她成为了我
我是我唯一的观众
我起身离去，没有弄响椅子

消 失

电梯下降，那个失去工作的同事
消失在大楼的门前
"有理想的人，终将被理想刺伤"
他的后背微驼，脸上的表情
雨水洗刷后的石阶。愤怒
已被中年剔除。一地的落叶
无人焚烧，恍如他身处过的
慢慢衰败的行业
而他的座位，新人放上了水杯
我曾痴迷于注视
一切消失，或者即将消失的事物
杂草夹出小路，通向村庄外的河流
消隐在时光里的亲人，挤在了路上
他们有着一张，暴雨时天空的脸
对此，我只记忆，从不挽留

清 明 〔外一首〕
柯 桥

连绵不绝的丘陵中
祖先们隐身其中
祭祀的人群一年一年涌入
却一年一年不同
他们被一条条小路牵着
被一股股春风牵着
他们走着走着
被灌木林淹没
消失在路的尽头
就像眼前黄土坡上的树叶
风一吹就奔跑了起来
跑着跑着就没了踪影
只剩下风
裹挟着尘埃

槐花大道

在大连，我惊讶于一条大道叫作槐花
惊讶一大街的槐树毕恭毕敬挤挤挨挨
想到了千里外
大岭背满坡满沟的槐树
它们从小就东倒西歪
它们到老都自由自在
想到了柯洪槐柯邦槐柯朝槐……
他们顶着槐树的名字
守着槐花的女人
累了在槐树下乘凉
死了就到槐树坡安睡
一大街的槐树整齐地列着队
仿佛亲人来到他乡的一次集合
仿佛亲人一次千山万水的旅行

天色渐渐暗下来〔外一首〕
陈玉荣

天渐渐暗下来的时候
我在散步。我的无所事事
被均溪河柔软得像一团棉花
我就像这河水一样走着，不用
想太多。想多了，你也控制不住
这薄暮中暗下来的力。一群人
围在桥上看别人跳河。他们活得
那么认真，把茶桌上，饭局间
办公室的话题，通通准备到位。当然
我也可以像他们一样，认真一点
回家的时候告诉妻子
有一个人从河上跳了下去

这时，一轮明月刚好爬上我们的窗

对自然的爱

一棵松树活了几十年
也没有动过
我在树下左扭三圈
右扭三圈。我并不能
比这棵树活得更久

不远处有野菊和苦艾
轻轻晃动的山野
我想将心事，留在这里

一棵树还要活那么长
光鲜亮丽的人啊，暗含
危险
一个人想远离心事

一座山野想远离
塑料瓶和斧头

那个清扫蟋蟀声的人
惭江

那个清扫蟋蟀声的人，像在清扫一场雪
袖子上卷起的风，必须有一段冷寂落寞
必须有远松的黛色，有依稀的犬吠
久无人。有掩完柴扉后返回的声音
他走动的步伐，分别扇动了月色、竹影和桂花香
月色本来很亮，再一次跟上绷紧了他
作为院子内一颗静的核
他似乎变得还不够小
窗外，饱有苦叶。更远，他和江边乌桕树上的
一只寒鸦形成对应

门再次被推开，有三十六种晚秋排闼而入
那一刻，他几乎摸到了寒风中隐藏的薄刃
并能把它抽出来。他身上的裂隙怎么关
也没关上

以上均选自《客家诗人》总第二期

《屏风诗刊》诗选

主编：胡仁泽
创刊时间：2005年7月
出版周期：不定期
出版地点：四川成都
代表诗人：李龙炳、胡仁泽、黄啸、易杉、陈建、黄元祥、桑眉、羌人六等

在春天 〔外一首〕
桑 眉

那个人从广场走过
春风吹动她长长的裙裾
春风吹动她洁净的发丝
春风吹红了她的眼睑
她忍不住在人群中，掩面哭泣

——除开枯了又荣的草树
在春天，一丁点儿心动
都是可耻的?!

琴声在时光尽头

每天清早，你把你的城堡巡逻一遍
轻轻的脚步、轻轻的咳嗽，从楼上到楼下
路过我的门前
我或许刚把玻璃窗推开
阳光穿过树影落在地板上
我的影子也落在地板上
像一片新鲜叶子，随音乐摇曳
有时我正从书橱里抽出某本书
翻到上次读到的位置
你轻轻推开虚掩的房门，说：早安！

我爱把屋子弄得整整齐齐
把兰花和绿萝放在离得最近的位置
祈祷自己和她们一样清洁、美好；
倘若许久没碰面了，我总是

左耳戴着耳麦反复听《流水》
右耳空在那里
倘若你回来，路过走廊
朗朗地笑，像阳光、像鸟鸣、像清泉……
我悬着的心帘就轻轻放下来
钟摆变得缓慢，琴声在时光尽头
轻响，不染一丝一缕尘埃

（也许可以，虚拟一座房子
一条走廊，沾着露水的小径
我们不时在那里偶遇，微笑点头、颔首示意
缘分恰似年年四月，窗外不知名的树
绿了又绿……）

赠诗人李龙炳：手里有灯芯
胡仁泽

天黑一次，你就失败一次
爱你的人，手里有灯芯

双手拽着自己的衣襟
状如鸟翼。梦想家拽着天马

一个人与另一个人游走到黑夜
路，纠正一把尺子

白发里的敌人节节退去
他们占领黑土地

一个人与一群人窥探、游走
身后的影子想纠正一条道路

龙王乡,有人在打铁
从火焰中,"我们救下了一片羽毛"

羽毛带着经血黯红的温度
添加灯芯

我在自己的左边〔外一首〕
陈维锦

表情在一个地方,
微笑在另一个地方,
一首诗在多个地方。
我站在我的工笔画前,
只剩下一副骨架。

如果它们离开,
我会衰老得很快,
我在他们不涉足的地方,
画一幅肖像,
我在自己的左边,
自己在我的右边。

或许,我会消失
在自己的左右,
消失在我的远方,种下
扁豆、苦瓜和俏美人。

患病的胳膊拧不过大腿

它是坚定的,只偶尔欠欠身,
你也欠欠身,想把日历翻到将来或者过去。
它继续推磨,一扇压在肩上,
一扇压在腿上。

雨声把窗户染成黑色,

星星把云层染成黑色,
你不可能分出哪些是雨,
哪些是肌肉和骨骼的汁液。

你只知道,患病的胳膊拧不过大腿,
患病的大腿拧不过命运。

虚 荣
黄元祥

大多数时候它被描述为一种感觉,
在云彩或光谷之中,
似乎很短暂——
越来越多的人却希望永远留在里面,
像是一种普遍的幸福

周末由微笑的快餐店和
长舌头的超市组成,
延续着一种理由:你必须
对自己更好。心儿好像
长在天上

一开始它是这样
膨胀的:被不断长高的楼层
和变宽的步行街所教育,
炫目的招牌和堂皇的
铺面给出了考卷——

答案已由你带走:"吃了一只
肯德鸡,买了一套花花公子西装,
只是那款劳力士手表太贵,
但可以按揭……"

根据结果,他们说你相当优秀

以上均选自《屏风诗刊》总第 17 期

《草叶诗人》诗选

创办人：陈正红
创刊时间：2012年
出版周期：不定期
出版地点：甘肃礼县
代表诗人：王勤、邱子文、黄各送、戚亚周等

我把自己投向火堆
戚亚周

我是小人物
我老老实实地活着
我用无人格的嘴脸
仰天长叹
我满头乱发
飘成经幡

我终于把尘世中最后一盏灯
点燃
我把自己投向火堆
我用一明一暗的纸烟
刺伤同类

餐桌上
我放眼望去
血肉狼藉
我动不了筷子

我是丧失了清白么

昨天的故事
佝偻着身子
站在寒风之外
用鞭子抽打我

我有点冷
山上还有雪
别人活了
我还在左顾右盼

万物总是影影绰绰
忽然我被狼群团团围住
我声嘶力竭地喊
又有什么用

我不愿你老去
郑 伟

掐住风的咽喉
我又一次把目光投向古长城
黄土夯筑的墙啊！老了
我不愿你老去
哪怕落下一粒沙土
都会惊动我跳跃的心脏

长城啊！长城
我不愿你老去

狼烟四起　操戈苦训声声
我在刀光剑影穿梭
明朝守关的人啊
仍在祁连的怀抱向恶狼发起攻击

以上均选自《草叶诗人》2016年第2期

《钟声》诗选

创办人：曾念长
创刊时间：1982 年
出版周期：年刊
出版地点：福建福州
代表诗人：曾念长、三米深等

入 冬 〔外一首〕

尹国强

入冬以后，河床结痂，芦苇一夜白头，
枝头的野果在风里摇摇欲坠
百鸟归巢的时候，总会掉落一些过去的经验
但父亲还会捕鱼

远山一天比起一天冷峻，现在的日子已不比从前
行人渐行渐稀的时候
鹅卵石就会与水面剥离
秋螃蟹纷纷上岸
刀子鱼越来越肥

你归来的路上，请务必乘船吧
摇橹的时候，就能回到从前的三月

雪 朝

一场黄昏的雪来得疼痛
年久失修的墙皮，久远的风景摇摇晃晃
过去我们围炉而坐
她给炉子添柴，煮酒，擦拭干净的壁炉
有时回头看我，面带微笑
从小木窗前取下故事
但日子突然地转身，疼痛的雪
一夜坍塌，干枯的麦秸瑟瑟发抖
炉火冷却下来，碎瓷片的尖叫令人惊恐
她沿着河道离开，过桥，决绝果断
空旷的生活行走艰难
父亲，从此我们只能相依为命

黑色的风

陈 东

有些风来自草原，绿色的味道
马背上的情人，需要想念，不需要担心

蓝色的风来自故乡，忧郁的眼神和过往
高原上的晴天不多，月亮比星星寂寞

粮食，再也不吝啬却不能放弃
旗帜上绣着尊严，路过的人们背负信仰

南方的城市化进程比北方更为彻底
脚印再无法留住历史，雨水淹没雨水的情人

灯，一盏盏高悬旷野的灯照亮幸福的角落
孤独的人不走寻常路，似乎不会哭泣，也不会祈祷

失败，以时光之河跌落的尺度作为表达
一生的事业，石头磨成沙砾，再化成石头

歌声回荡四方，楚国的君臣都仇视屈原
比起屈原，我更仇视长江水

一旦渡口的木船沉没，文明就开始蔓延
我仿佛得了富贵病，总有人惦记我脖子上的黄金

理想和遇见一样轻盈，诗歌和外套一样沉重
然而没有什么比窗外的夜色更为沉重了

黑色的风狠狠吹过来，我慌忙躲进梦里
早该相信，夜莺最擅长捕捉那些不为人知的疼痛

以上均选自《钟声》总第三十九期

《原点》诗选

创办人：杨通、王志国、马嘶、岳鹏等
创刊时间：2004年5月
出版周期：年刊
出版地点：四川巴中
代表诗人：杨通、周书浩、陈礼贤、王志国、马嘶、张万林、岳鹏、李杰等

秋风来时我已交付了温暖
杨 通

秋风来时我已交付了温暖
红叶飘落，大势所趋，江山不是我的
美人也不是
奔跑在路上的王啊，我像落花流水一样孤单无助
与生俱来的疾患，何处觅良药
我这一生，痛得好辛苦

此时，真希望神能够助我一臂之力
让那个留下来掌灯的人陪护着我把命里的光燃尽

青草赋
王志国

在冰冷的夜空
我将指定哪一颗星斗
为逝去的亲人引路
今夜，满山的青草
聚集在星空下，拼了命地绿
谁也不担心生死枯荣
仿佛每一个星斗都是有供养的神
仿佛只要高处的星光在闪耀
所有的绿就值得
草木的悲喜如此简单
春来，捧出一片绿荫
冬至，就用枯瘦的筋骨
把大地抱进怀里

一枚茶叶的诉说
李树慧

午后我被迫接收一杯汪洋的热身
我看见人间摇晃
我也摇晃
此时不敢与谁比荡漾

人间干涸
一张焦渴的嘴唇正悄悄地
逼近
瞬间汪洋倒灌河流
不需要求证芬芳

只需一口
我便通体脱水，积攒一春的
高贵
仿佛只为此时的抛弃

这些年我一直做风雨的棋子
下楚河越汉界
为的是把五味杂陈的生活
泡出芳香的味道

而你，不是那个品味人
口中无青山
我便绿得毫无意义

以上均选自《原点》第十期

《桃花源诗季》诗选

主编：麦芒、罗鹿鸣
创刊时间：2010年4月
出版周期：季刊
出版地点：湖南常德
代表诗人：罗鹿鸣、向未、谈雅丽、唐益红、邓朝晖等

涉 江
谈雅丽

我来得略晚，但我们仍可以一起
从此处眺望沅水对面的蓝色江岸
我们模仿一对飞翔的大鸟
北岸至南岸，翅膀掠过洁白的河水

轮渡装载落日余晖与我们同行
汽笛长鸣提醒我们归来的时间

旧时光里，吊脚楼的红灯笼已被点燃
雕花床，红绫被，一对鸳鸯戏水于波心
邮差从青石板上递送，手写的情笺
老河街，用一声细远的叫卖亲近我
北方的至爱

我们用一束波浪开始傍晚的旅行
如果渡过去，在明灭的河水中找到前世光影
如果渡过去，你不用迷惑
不用再去找寻屈子投江的茫茫水岸

沅水永不停息地奔跑
自西向东，它从来不曾更改它的流向
迂回的只是心，需要用加倍的执着
来纠正偏差的航道

这蜿蜒的河流，饱含我一生的爱恋
对面的渔船，轻摇于潋滟水中
渡过去吧，我从来不曾放逐过你
我放逐的——只是满河流动的寒潮

你看，在我们的前面漩涡涌动
那就是，用无尽形成的——沸腾大海

陈家巷
邓朝晖

那个疯子端详我很久了
陈家巷
我越往里走他越得意
这些青砖长满苔藓
楼梯通往一间紧闭的屋子
巷子空空荡荡
我往里走
如同走向一个自闭者的喉咙
他发出得意的咳嗽
似乎看到我在走向他

他在外面坐下
继续尖锐地咳着
似乎看到我无可奈何地退回来
喉咙干涩
走向他
这唯一的出口

夜晚，在诗墙边读友人诗
杨亚杰

我把眼睛睁大
尽量凑近诗墙的灯光
才看清你的诗

我把声音放大
大到让沅水听见
才把诗句郑重地读出来

有人抢拍我

是想拍下我拜读你的诗时
谦卑的姿态——

你知道吗，在我们身旁
那些从古到今的诗
一直被这灯光仔细地辨认着

那些当年的声音
一经沅水过滤
就显得格外清亮

在这诗的圣地
我们把自己放得越低
诗就越高啊

野苘麻在微风中不安分地晃动

唐益红

这一年的春天我流浪到此
此地寂静　光阴漫长
野苘麻在微风缓缓中不安分地晃动
不得不承认　我和它有几分相似
都有试图搬动身体的妄想

我该怎样描述这里的陌生
近处的香樟轻抚天空的汁液
一条河流冲过了预留的堤坝
畏惧的田鼠爬过了灌溉的涵管
在快要接近陆地的时候突然消失

这一年，我把春天随手丢弃
一刃利器刺进了漫不经心的旧伤
暮色沿着山岭移动像某个男人的背影
仿佛一转身　就搅动了这哑默的命运

我在虚构的情节里哭泣
因为害怕　抓住了你陌生的脸

我想要表达的越来越少

陈小玲

我总是那么急于表达
对一条河流反复倾诉，我的热爱与依恋
总是喜欢一个人，沿着沅水北岸走
无数次向一株狗尾草俯下身去，莫名地悲伤
一次又一次推开北窗，吹冷冷的风
然而，樱花林继续等待它的春天
风吹它的盛世，不管不顾
面对你静谧的村庄，辽阔的原野
你的晨雾与盛大落日，在这薄情的世界
还好，有你给予的种种美
从春天开始，面对鲜花盛开，万物生长
我就不曾有过多的话语，只有你懂
其实我，比以往爱得更加深沉

风生水起之处

章晓虹

风生水起之处，就是我的故乡
那座南方充满氤氲气息的小镇

河汊港湾。九曲回肠
千里洞庭。鱼米飘香
被水泡得油光发亮的日子
在细眉细眼的湘妹子手中顿时
鲜活起来。一条江缠绕着
我的南方小镇。年迈的妇人
半闭着眼，坐在茅屋旁
等待着空中的第一滴雨
在她千沟万壑的脸上
肆意流淌。柔情万丈

远离峰峦跌宕的小镇
如那弯形如柳叶的湖般平静
她步子很细，绣花鞋很轻

以上均选自《桃花源诗季》2017年春季刊

《浙江诗人》诗选

主编：天界
创刊时间：2017年4月
出版周期：季刊
出版地点：浙江
代表诗人：天界、冰水、许春波、张敏华、流泉、东方浩、李国平等

静 物
赖 子

一

它就要从画布上滚下来
一枚橙子
入地需要很长的时间
它的色彩
因室内游荡的古典音乐而加深

那些见过它的人
都揣着不安，所有陡峭的美
挡不住时间
以及审视的压力

橙子左边，开裂的瓷碗
就是证明
并排的花瓶
站得很高，它还不知道，
硬与软、生与活的妥协
对抗
插一枝春柳
就以为
留住整个春天

画布钉在墙上
像个收拾停当的小家庭
等着时光与风雨的检查

二

相对一阵紧一阵
无休止的风
群山是静物
树枝通过摇晃保持平衡
一个风中站立的人是静物
尽管内心风声四起

相对流水
河床是静物
尽管十年后，它的流向
连自己也想不到

相对于生，死是静物
相对一个人的速朽
另一个人的不朽
是静物
尽管他一再被涂改、填充

入世者庙堂阔论
出世者檐下小睡
一幅未完成的静物画
臆想总比存在多

落 叶
达 达

起风了。
春天起的风应不应该叫春风

它锐利似剪刀,上下其手
几阵风后,就把一片片卷曲的香樟树叶
从树上剪下,满地落英
如悔恨,仿佛嫁接错的秋天不小心
混进了春天的队伍
而我们却集体噤声,装傻
假装不知道
假装理解
和悲悯
是的
这个春天应该得到宽恕
或者与春风达成
和解

今日小寒

冰 水

我以为可以等到一场雪——
一场大雪
城市被洁白的愿望
覆盖。所有的抒情通向明亮、丰美、大爱

其实不是这样的——
开门见山或者云山雾海
充满着歧义
炉膛是诚实的。装着火焰和灰烬
只有死守真理的人
才会在火焰中烧成灰烬

不要试着袒护自己
小寒之后是大寒
荒芜的世道从来没有尽头
如果洁白的愿望还在。总可以

等到一场姗姗来迟的雪

须 江

伊有喜

说吧　说江山如画
说江山就是美人美人就是江山
就说你为她折腰吧
这是真正的江和山
你看这江郎山兄弟般挨着的三片石
你看这滔滔不绝的须江水
多少流水一去不返
多少流水般的过客来了又去
今夜　那些散步的人经过我
一如秋风缓缓吹过　沉默不语的夜钓人
圆月荡漾在须江的水波里
在须江——在须江镇或者江山
人们称之为毛泽东祖居地或者江南毛氏发祥地
更多的人说它是戴笠和毛人凤的故乡
他们喋喋不休于谁家的明月谁家的江山
而我更愿意说——它是朱波俞武毛日旺祝水根董
　达财的家乡
这是他们娶妻生子醉生梦死的地方
也是他们柴米油盐生老病死的地方
今夜　月亮又圆又大
照着须江阁也照着我身边的合欢树
月光下走动着的陌生人
正重复着一代代江山美人的命运
江山　作为特称的这个异乡小城
我喜欢须江穿城而过
我喜欢它的月白风清和秋虫低吟

以上均选自《浙江诗人》2017年创刊号

《海子诗刊》诗选

主编：查曙明
创刊时间：2016年9月
创刊地点：安徽怀宁
出版周期：季刊
主要参与者：查曙明、路顺、一度、吴少东、罗亮、汪抒、黑光等

时光如寄 〔外一首〕
孤 城

虫鸣近如枕畔书——这是多少年前的事情了
多少年了
笔下文字，已经褪尽，初时的痕迹

时间过得真快
四月江南，在情人谷
我目睹
翡翠修得女儿家的胴体
石头兀自做了好脾气的男人，听不厌
细水流长的絮语

貌似圆润。好像，从未遭遇过磕碰与遗弃

打春贴

一夜冷口吻，将世态、物象一股脑儿
说白……

纷扬到索然。眉眼寂寥之人
徒生闭关锁城之心

不围炉。不诗话
新事日渐稀缺
物哀于冷却灰烬中伸出乌有之手，摊开手掌
给你看一粒噼噗磷火

风，吹着风衣
吹旧时光身上一件曾经之物。此去不远

桃花落——是刀削的新血肉，遍地打滚
把一生中的伤心事
重新诉说一遍

故园悲
——题杨键空碗系列画作
一 度

他们唤起清风而明月不知
他们重建土地庙
而菩萨不知。他们饮过的江水
走过的平原，骂过的孔子
诅咒过的先秦，如今寥寥

这是祖父的空碗，他两手空空
在空院子里，任凭那些人
挖墙脚的根，挖青龙尚未斩断的根
挖祖坟的根，挖夕阳下悲怆的长江

我捧起祖父的空碗。我饮空了的
月光，咽下空了的中国
一切空过的事物，它们盛过我
然后又抛弃我

我捧起祖父悬于墙壁的猎枪
它猎过的豹子、枪杀过的猛虎
对峙过的地主，如今在黑洞般的枪口
重新复活，这是长满獠牙的暗夜

我惊恐于这样的夜晚。猛兽从囚笼里
冲出，那些高于地面的鞭子
春笋一样冒头。而我被囚禁的内心
有着恶妇般的怨咒
有着屠刀一般的利刃

我知道,我将长辞于这样的暗夜
月光轻柔,暴民们开始点火
做最后的狂欢,他们祭出古典的仪式
我躺在故园的落叶里
像盛满水的空碗,我慢慢溢出它的壁沿

预 言
沙 马

我把旗帜插在我的语言里是为了
度过那些似是而非的夜晚。
即使这面旗帜在深渊里飘动,
也不会与另一些人的
语言,发生纠缠。我在这里
好好学习,天天向上
培育果实,理解世界,
向每一个路过的灵魂脱帽致礼。

最后我将这面旗帜交给了
一个手拿风车的孩子,我理解他
是如何匆匆踏过我的墓地。
理解他忽略我曾经的语言,理解他
没有捧出一朵花怀念我。
他一手拿着风车,一手拿着旗帜,
跟跟跄跄,穿过闪电,
穿过一张张从遗言里露出的面孔。

未来可能还有我的事物,那就一起
交给他。他会跨过语言的栅栏,
跨过无数的偶然性,把明天
归还给明天,把骷髅归还给灵魂。
把灰烬归还给火焰,把人归还给人性,
直到这面旗帜流淌出血液。
这样,我才会在另一个世界,
带着我的虚无,会见斑斑驳驳的父亲。

廿八都 〔外一首〕
孙大顺

青砖黛瓦。可以荒芜。破败
可以碎。但绝不低垂
鹅卵石替尘世躺下了
把滑溜溜的时光,送出千年

从文昌阁到北斗魁星
踩着高跷需要多少光年
蝴蝶和风筝都有了去向
风车在杂房想了很久
吹不了稻谷
就吹吹神秘的仙霞古道
在枫溪街,如果星光让你心头一紧
那一定是遇到回家过年的祖先

月亮湖

石壁寺的钟声,从未原路折回
阳光的褶皱里花开无声
在月亮湖,春色蓄满水声
几颗露珠在草尖打盹
湖湾与星空对话。安静的碗窑遗址
一寸寸迷失在时光岸边
巨大的幽静,像大地上空转的唱片机
牵动湖水。我在这里晃动青春和星空
扔下分岔路和错别字
掏空浑浊的身体,与自然对话
空气中流淌丰盈的笔画
在这湖光山色中集结

那一阵风
路 顺

昨天是8月10日
今天是8月11日
分隔两地就像是不重叠的日子
我在动车上。二十分钟
一些滚动的轮子缩短了我们的距离
我们如之前一样
牵手逛街喝卡布奇诺嘿咻
过分地缠绕对方,我们近似于
虚脱。两个裸体平躺
说着天亮后的蜜语
(蜜语里有把西瓜刀)
我们没有对也没有错
只是那一阵风吹散了彼此的
初心。走在天桥上
有雪花飘下来

以上均选自《海子诗刊》2017年春季号

《海岸线》诗选

创办人：张德明、符昆光
创刊时间：2017年1月
出版周期：季刊
出版地点：广东湛江
代表诗人：赵金钟、梁永利、黄钺、程继龙、梁雷鸣、袁志军、林水文等

听 经
梁永利

一只蛹在耳朵里蠕动
倾听出一条路，直通心地
四季的桑叶一再返青
叶脉迂回，等你驾乘马车而来
风声与泪滴，包括前世的传言
飘摇过，浸渍过
手持木鱼的人说
要忏悔的罪孽深重无比
梦魇天天奔跑，咒语一句重复一句
法水绕山坡细流
该安下心了
三月来临，你长成蚕
剩下的愁丝行将吐尽

黄昏比往日来得早一些
林水文

冬日的黄昏似乎比昨日来得早一些
随着一路而来的风
路边逐渐亮起的车灯淹没
他的声息
黄昏的脚步走得很快
像一个低头匆匆赶路的农妇
要做完手头上的事
做饭，喂猪，赶鸡入笼
然后把自己赶进黑暗
躲在温暖的床被之间
许多人都看见黄昏的这一生
但没有觉察到黄昏比往日来得早一些

比昨天早一些
比前天更早一些
轻微得早一些
只有寂寞的老人觉察到
知道其中光与影的秘密

体内的星辰
符昆光

这个夜晚，微醉
歪歪斜斜，躲在月光的背面

风领着月光，漂白夜晚的黑
体内黑乎乎的，月亮无能为力
黑得太紧，紧得一时透不过气

与影子促膝长谈，轻轻叹息
寄生在这尘世啊，沦陷于功成名就

摸着银色的发根
早就没有了年青时的血气
我的存在，随时被抹去

人啊，其实就一盏孤灯
风从身旁飞过，一阵紧，一阵慢
动荡不安，生死被撕咬成碎片

诵着《心经》
色即是空，空即是色
这是涌入体内的肺腑之言
闻到佛香
闭上眼睛，我的体内满天星辰

以上均选自《海岸线》2017年创刊号

《途中》诗选

创办人：左安军
创刊时间：2012年4月
出版周期：不定期
出版地点：四川成都
代表诗人：莱明、牧宸、心境等

在保定状云 〔外一首〕

何牧天

今天是星期三。天空温蓝，白云绵软
它们浓淡慵懒地在远方待着，
我一点也高兴不起来。
我想起匠人们苦心孤诣要写云的姿态，
那些绞尽脑汁的角度，顾影自怜的幻想
我厌倦不已。
这惊艳的蓝天在九月的一瞬尤为珍贵
只因为这个月里其他日子都被雾霾笼罩
那些写得越真的越罪恶，
明天雾霾来临，他们绝不会写霾的姿态。
雾霾是多没有诗意，多没有境界的东西
这是我活在新世纪写作的不幸
庸常的事物扼杀人类的呼吸，却无人愿意直指
我们穷酸的格调连肺泡都保护不了。
现在我告诉你这云有孔雀尾的形状，根部粗厚
毛尖疏散。整个云层从楼顶向北滑行
但灰旧的楼宇在干净的天空更加灰旧
马路上姑娘避让飘动的垃圾，
你是否还要送你的孩子去看呼吸疾病？
哎，我太直接了。艺术没有儿子，
一个美丽的早晨只不过一场枯竭的春梦。

雪，雪

当你在书屋写笔记，毛衣垫着手腕，
冷空气突然挤压窗玻璃。
不安的世界在美中，
希尼告诉你一场车祸，特朗斯特罗姆告诉你冰。
你的夫人静静淘米。冬水彻骨，她粗粝地咳了一声
今天雪好大，你不出去看看？
你将笔夹入书心。你又咳了，该把外套穿上。
她不说了。你们以平原上鹿的方式致意。
这时候院里突然，咔嚓一声，
哦，你们一惊——该是雪压断了树枝……
他一个人在南方，一定伐去了屋旁的老树。
正好，你赤脸出去看看一切。
渡河的冷，水汽里弥漫着尖锐的金属腥味，
一条湿漉的窄道消失在胡同角。
这雪不断飞向你，若有若无地取悦你，
你伸出手，想重逢一种鲸鱼的友谊。
它们携着体内的黑斑向你游来，
欢舞，自在。爱你，更爱大地。
你两鬓有些白发，端详着，
最后的雪如何在霾中灭绝。

别白塔书

原 石

我们在黄昏点灯，对坐，直至山花燃出你的形体
你才从一种虚构的沉默中解脱，像是雪
从雪上融落，但是更轻。
你说：为蓬草伐行是必要的，一如为凤仙花
哀悼的必要，但我们必先和自己体内

每一层旋转的心事——作别
夜中，你把杯盏举得很满，如弓如弦
如雨将落，你说你将借春天的爱情下酒
用八月的落潮痛哭，并且
这一夜不同于以往，我们站立，却并不言语
如两架白色琴体，因风吹奏某些寂寞的关节
我知道：月光是我们悲哀的声音
每一天你都在梦中拔高一尺，在远方
你就等于某种呼唤的比喻。酒后，或许因为潮水
你的塔檐愈加寒冷，而我们又将走向冻鸦的噤默
于雪中重新回归于雪，毕竟生活
是一个巨大的哑谜。此去一别
我会给你写一封长长长长的信，告诉你：
我们是秋树落下的一个词语
我们的身体同样瘦如马骨
我们都爱上了一个女人

以上选自《途中》第 7 期

我是我自己的许多孩子〔外一首〕
拉玛伊佐

一个婴儿
带着星象的宿命与硬度降临
我必须借助大祭司的口吻将他命名
命名他就是将我自己命名
我必须以神的名字为他命名
因为我们同样为神灵的儿子
我必须以主人的名字将他命名
因为我们都是自己的主人
命名他就是将混沌命名
命名他就是命名全新的世界

选自《途中》第 6 期

第二次死亡

在仪式上用肉身替换肉身
在梦里用报复还以报复
羊的肌理一定在某一个地方腐烂

在梦幻的崖壁上
涉滚落的沙石而过
明天就要抵达的疾病
在劫难逃
母亲和孩子正在交换一个梦
这是一个老女人的第二次死亡
这不是一次投射
也不是一次隐喻
这是死与生的一次联结
这是过往对现世的一次启示
这是一次真实的预言

选自《途中》第 7 期

复合的个体
左安军

拒绝火，拒绝鼹鼠的赞许
以及梦中的乱伦之花
并教会花朵
在风中受孕

一个人做的梦
分配给更多的人

拧紧的漏斗用死亡的节奏
唤醒夜空
钟表指向十二点
我的一只脚在昨天
一只是正午

睁开眼睛便能看到
真实的虚无
虚无正翻阅着我一瞬间
舒展成空空的书页
又合上

等待另一个人
潜入我的身体

选自《途中》第 3 期

《商洛诗歌》诗选

创办人：远洲、刘知文、李清文、郑学良、刘剑锋、贾书章等
创刊时间：2009年5月
出版周期：半年刊
出版地点：陕西商州
代表诗人：陈仓、麦豆、左右、王凤琴等

父 亲
陈年喜

在最后的四十八天
你多像一位飞天者
人世正在走远　天国的梨花
在明亮的晨光里　淡淡地开

我像一位老人
白发从额头铺下来
一直铺到余生
风从骨头上刮过　一片苍茫

你走后　日子变得更加空荡
我守着你种的核桃
像小时候跟随你上山牧羊
走丢的羊羔

这些年　世界发生了很多变化
你一身的好手艺
像一片片秋叶落了下来
时代如一条大河一泻千里
我们怔怔站在河边　成为无关的事物

选自《商洛诗歌》2015秋冬版

站在原地的人〔外一首〕
王凤琴

原谅我这么多年一直在原地
把平坦踩成泥坑

盛年过成荒年

我的内心结满霜露
一不小心就绽裂
就会跌落一地
暴露出沧海桑田
原谅我已经累了
不再向山顶用力
只想在老地方
听风吟，看日落
了此一生

夜凉如水

是的，总是夜
迈着沉重的步伐
在我身体里徘徊
低沉地吼叫
或者叹息

我已抵达中年的渡口
我的四肢赘满滞重的过往
无法逃离地面
只等苍老的船
把我带走
驶入更加凶险的海面

原谅我已经信命
已经束手就擒
原谅我必须把你忘记
独自怀有这暗夜
而夜清凉如水

选自《商洛诗歌》2017春夏版

《第三说》诗选

创办人：安琪、康城
创刊时间：2000年
出版周期：不定期
出版地点：北京
代表诗人：康城、安琪、燕窝、唐兴玲、冰儿、朱佳发、荆溪等

美学诊所 〔外一首〕

安琪

美学没有诊所，患美学病的人怎么办？

我写下这一句，两天想不出第二句
是否有诗歌诊所可以解决我的问题，我疑心我也
　病了。

我看到患美学病的人开了诊所，诊所名美学
我是否也该开一个诊所，诊所名诗歌。

我相信当我坐诊诗歌诊所，我的诗将源源不断
就像我相信，每一个医生都不生病，也不死去。

汽车在空荡的京城疾驰，帮我找到了过年的感
　觉：
八百万人回到他们的故乡，北京回到北京。

我在空荡的北京街头寻找第二句
一个患美学病的人，把诗歌病也患上了。

漳河水冻

车过漳河任老兄说那就是漳河

一片被雪冻住的冰河
太白太亮映照出我眼中的西门豹也白而亮

他就在漳河边往河里投进巫妪、弟子和三老
河边哭泣的女子，终于流下一生中最惊险的泪水

那是夏天发生在漳河的有趣故事
死里逃生的漳河，修渠、灌溉、泽流后世。漳河
我如今正经过你的视野，你春寒中将醒未醒的脸
闪现在我僵硬的相机里

你是一条有历史的河，因为你在邺城
我转两次车到此看你，因为你在邺城

任老兄开慢点，这桥忒短，很快就要过漳河

也许我可以把窗外白茫茫的大地叫作漳河？
雪中的大地和雪中的漳河究竟有何异样？请说
　出。

而雪沉默
而雪中的邺城沉默
雪中旷阔、凋敝的邺城，一片灰，一片白，一片
　灰白
我一来到邺城就有魏人之心了。

8月3日和小侄儿在区庄绿茵阁，阳光普照

燕窝

数不清的是风声
你的叶子细密整洁，亲爱的小孩
把地理障碍带给一只汤勺。
失去睡眠的蔬果们冲向彼岸，它们是群居者

晃动枝叶，让大海在藤蔓上跳绳
杯中的波荡延伸到道路中间。一些人失去了时间
又失去故乡和彼岸。
我们继续吃喝。"噢12岁的肉食动物——"
红色番茄和绿植出产水手
但菠萝是船长
它把船只开进更大的风暴中，我们争论
把分歧带给海洋、航行，和你手中的掌线
许多年它们攀援向上，环视世界：
城市微小，一只小白猫刚好跑过艳蓝色的花伞
绿孩子发出传单，把涟漪传递给路人
谈话中我们不停选择着路口
直视前方
永恒的事物需要仰头，对视的是敬亭山，河流，
　你和我
以及爬上绿茵阁转角的光线。
你牵动绳索，我们大笑
像积木一样垮下来
在下午3点钟的阳光里把区庄立交变成一团
混乱的交通和十字路口

我一直在这里，只有你能看见 〔外一首〕

林程娜

我一直在这里，只有你能看见
就如同　只有风能抵达季候的心脏
他们取走的是我种下的粮食、果实
你留下的是阳光，空气，与水滴

我每天被你照耀，呼吸你，饮用你
一味的索取只因无偿的奉献
他们惊异于我的丰茂，却不知
这一切都来自于你的赠予

从我之中，我要取下你
把毛孔关闭，把气管堵上，把嘴巴合起
生命因此枯竭而消失
他们找不到我，我已同为你

风的触角停在光线上

风的触角停在光线上
窗帘挡住了一部分，而
黑夜不会来临。你看
热能并非于事无补，那
空气里游泳的人废寝忘食
太阳蛰伏在眼睛的底部
门在背后

春天的苔藓 〔外一首〕

朝晖

它在山中紧贴着冰冷的石
并不知道春天的到来

它愿意这样活着
小蚂蚁慢慢从身边走过

自选诗

很少有人来
偷看我的日记
或者诗集
你们也许
偶然进入一个陈旧的
车间
有一些零件轻轻掉落
灰尘四起

以上均选自《第三说》总第8期

《麻雀》诗选

主编：刘频、大朵
创刊时间：2010年9月
出版周期：不定期
出版地点：广西柳州
代表诗人：刘频、大朵、侯珏、田湘、周统宽、蓝向前、张弓长等

春风吹拂柬埔寨〔外一首〕

刘 频

春风吹拂柬埔寨
吹拂法式建筑，外资工厂，旅游小商店

一个导游，红色高棉的后代，她用普通话
生硬地发出
——毛泽东，华为手机，支付宝，《古墓丽影》

柬埔寨，装在我空空的双肩包里
我是否可以用一个失忆者恢复的血腥记忆
去换取这棕糖，水布，银器，木雕
还有，一部私人回忆录里的茅寮和步枪

我的长焦镜头，丢失在湄公河左岸
那片隐秘的社会主义丛林里
在拜访春天的旅途上，我总是和一只蜥蜴争论
在柬埔寨，最美的景观到底是日出还是日落

在大屠杀纪念馆，我看见一只骷髅，长出了一片
　　片绿叶
一片是瑞尔
一片是人民币，一片是美元

柬埔寨的春风忙着给一张张旅游门票让路
在吴哥窟，望着高棉的微笑
我微笑了。西哈努克亲王和波尔布特也微笑了

啊朋友再见

南斯拉夫，请给我一座被炸断的大桥
被炸断依然坚挺的南欧阴茎。哦，铁托元帅
我举起了一个五金工匠的意志

不要让人民老在一部旧电影里，兀自躲雨
尽管我只是配角。新生资本权贵的手仍指着山下
　　的
萨拉热窝城

"大地在颤抖，仿佛天空在燃烧"
是谁在为德寇生锈的坦克配乐，鼓舞它们前进
太久了，瓦尔特，请给我分配一群敌人
去死，去燃烧，然后去配一副红框眼镜

我要做一个送报纸的人，搬走老城的教堂
我用卡宾枪挑衅爱，挑衅一个人的世界地图
我的耐克鞋，迎合了一个民粹主义工程师的
图纸和炸药

"啊朋友再见吧再见吧再见吧
把我埋在高高的山岗，再插上一朵美丽的花"
离开波黑首都时，我习惯吃这支老掉牙的歌子

在巴什察尔希亚街区的店铺
我很容易和第三代党卫军混淆起来
当我用人民币兑换成美元，用美元兑换成波黑马
　　克

但我的一块老牌社会主义的手表

指针对准了瓦尔特掐算的时间,一座
南斯拉夫大桥——2016年再次爆炸的时刻

头发已入秋 〔外一首〕
蓝敏妮

你站在电话亭那里,长发
垂坠在扶栏上,像是故意演绎
你给那边的人打电话
想说的比发线还稠
最终你不过用手绞了绞发梢
一根头发缠在手指上
你抖了抖,发丝向后飘去
秋天了,你有一点点凉

白雪不知道自己的错

铲雪的车子开走
雪人就一次次回头哭
它以为白就是好的
一脸白茫茫的无知

变脸的人他在我五步之外
翻手的短暂黑暗里,有无数可能
脸谱变幻白绿红蓝
我始终没有看到他的真脸

我记得那白脸像雪一样
变脸人在黑暗里退去
"有人的地方雪都是脏的"

惊 蛰 〔外一首〕
卢鑫婕

那天我们躲在三江
在程阳八寨,在山峦雾气中
离早春三月很近,离风声
离虫鸣也很近,旅馆前的苦楝树下
有人在说着稀稀落落的故事

阴影中传来清脆的笑声,或者叹息
这星光斑白的夜晚,并不关爱情

远处的回龙桥在细雨里站着
一些游人走过桥去,又走回来
两百岁的桥发出断续沉闷的声音
"想不想听新娘,蟒蛇和龙的故事呀?"
并没有人理睬他。人们将纸币投进功德箱后
便转过身去看远处大片大片的油菜花了

竹下少年

竹伞已经撑不起夕阳
就像绸绢掩映不了晚霞
你似乎远离春色二丈
你的孤独,像紧抱成团的桉树林
兀自生长,又如山风呼啸奔走
飞一般过山峰,过密林,过湖泊
哎——春风劲摇竹不语
大雨,便在这时节下得飘泼

这是六月的第一天
谢 丽

新房装修现场
工人用钻头打磨地面的凹凸
上面有鞋印和汗水一起隐身
切割机盘查瓷砖的尺寸
直到瓷砖和尺寸一起虚脱
水泥板被一个停顿音
果敢地拍散
四周只有空无
人心里的山河震动
波及窗外的使君子
它们倒挂着小脸
水泥的气息不容它们假寐
新房的楼梯迟疑
这是六月的第一天
日子勇敢地苏醒

以上均选自《麻雀》总第18期

《湍流》诗选

创办人：野梵、蓝冰、黑丰、许晓青、冬羽
创刊时间：2010年10月
出版周期：不定期
出版地点：湖北公安
代表诗人：野梵、蓝冰、黑丰、许晓青、冬羽等

四月·暮春本记一〔外二首〕

冰 马

这是唯一的一片树叶。
一叶知秋，当然，一叶也知春
它和口袋一样，贴身，如带刀侍卫，亦如绑匪
也是一段汉赋，词藻华丽，逐渐凋敝，人民无法
　　理喻

我想起曾经写过一首题为《转折》的诗
二十年前吧，和今天一样，身处困顿
思想和语言几乎沤烂，困于下水道入口
但距化作淤泥尚早，散发一些些臭鸡蛋味

借一把火钳，撮进去，夹出来
腐败的，变色的……都停留在溃疡阶段
我的理想：要么升华为癌，要么下贱为土
就是这样低廉的梦，至今依然装在裤兜，悲从中
　　来啊

四月·春荒列表一

人们闹着春荒，肉和房价在猛涨
春水也一样，细雨洋溢
菜花开了又谢，那时，平原一地金黄
而我，在动车和火车里奔忙
回故乡寻找三十年前的档案袋
吃了一顿牛肉火锅，喝散装苦荞酒
回合肥开调档函，午餐吃重庆小面
回上海，报税，取钱，接送儿子到学校
然后，再按要求重跑一趟，还一趟

四月虽有清明，我绕乱葬岗外围三周
也没能靠拢父母新坟
他们正葬身浓密的油菜花田
四月虽有谷雨
我却没在老屋里住上一宿
他们的遗像还摆在空荡荡的供台

四月闹春荒
在清明、谷雨之间
我过得比农民和鬼还忙

七月·洪水列表二

胸中有一万方湖，下着各种雨
脑丘山川，思想沟壑
微信肠胃，荧屏阑尾
等等等等，以上诸种洪水密集地
一泻千里
我有一万方湖泊，圩于心胸膈膜

选自《湍流》2016～2017年合卷

唯有雨

陈晓岚

唯有雨，让大地多肉，
果津开始甜美。梦可以重新干净，
洗去谎言和诅咒，使乌有之乡

更乌有。河流更换血液，
江山息戈。
唯有雨，和屋顶同时存在，
寄养的人暂时获得寄生的安慰：
没有贫寒和积弱。又给行路之人以及飞鸟，
以停顿，以梳理自己的可能。
是的，唯有雨，如此富有。
当异地的风暴还没有响起，紫薇花湿重，
那样的时刻方言惊醒。
许多哽着的名字和事物一起浮现：
老父与秋风八十有五，母亲抱着等漏的木桶……

唯有雨，让我们回到原乡。
在坛子口，瓷片光亮，心生月圆的尖叫。
或许，雨仅仅是一片廉价的贴剂，
在你撕开时，疼痛刚好不在。
是的，唯有雨，是伤口的一次转移。

选自《湍流》2015年卷

女　人　〔外一首〕
仪　桐

女人这类胝足行走的软体动物
是旷世之血谷，苦难与幸福的受孕之所
当女人承接天命，承接雨水
女人在黑暗中产下自己，与此同时
在她体内诞生的，还有她的儿子，父亲与丈夫
她的儿子貌若天使，却把她放进岁月的磨盘
不停地索取与豪夺，像个讨债鬼
她的丈夫善于伪装，善于编织谎言
善于用一种叫作爱情的东西，对她进行占有，背
　叛和欺骗
她对异性的信任来自于父亲
她的父亲给她温慈与宽厚，给予她一种来自异性
　的慰藉
她无法逃避，她命中属土
男人们，一种自她体内诞生的烈性动物
他们在她怀里撒娇，在她的疆土驰骋，在她体内
　犯下罪行
她可以没有父亲没有丈夫，但她不能没有儿子
不能在生与死的碑界，看不到春天的延续
她金钗一般盛大的双乳，需要哺育生命，需要被
　吮吸
直到她沥干所有的血浆，被时光遗弃

致那些枯萎的

我被挤压成一片干薄的叶子，你看到了
随时可应声委地
总有那么多扯淡的事情困住你
工作，生活，以及无可无不可的热闹
偶有舞动风月的手指想与我调情
我说，天呐！我已忘掉了蝶泳和鱼的身形
只知道拼命追赶班车
在指针的关键部位，碰撞与拥挤
或一溜小跑
开道，开道，我毫无礼貌地说
声音变得陌生而冰冷
几乎忘掉尘世间还有叫做作的东西
后工业时代没有中立
我要么倒下，要么做个番王

目　光
袁小平

所有门都打开了，看一眼都让人目盲
不能再假设说，这一扇门走出去就有春光
那一扇门走出去会有断桥，另一扇走出去会有滚
　热的谷香
对于一个拒绝失败的中年男人来说，不再出走
不再心如死灰，不再思念某个女人
不再把活下去的意愿注释在传递着金钱与欲望的
　高压线塔上
不再在夜半惊醒时战栗于岁月勾魂摄魄的呻唤
啊，你不知道那有多难。东倒西歪的尘世深处
肉体会沿着肉体找到那双眼睛，它来自于你，也
　注视你
你不可能知道所有门打开时那是一个多么恐怖的
　时刻
门外全是锋利的碎银，就像上帝的微笑
而你从来不需要这种爱或这种信仰

以上选自《湍流》2016～2017年合卷

《鲁西诗人》诗选

创办人:张维芳、姜建国
创刊时间:1995 年 5 月
出版周期:季刊
出版地点:山东聊城
主要参与者:朱希江、弓车、姜勇等

我是被爱的

翠 薇

一大早,停在树下的车顶上落满槐花
我像得到奖赏的孩子
喜悦无法言表
望着突如其来的礼物
我有了清浅的微笑
——上帝把车顶当成了花篮

我不舍得拂掉,一朵一朵捏进香囊
头顶的槐花还在继续飘落
有的斜着插入我发际
有的在我裙摆缀上花边
每一朵小小的鹅黄都有满满的祝福
我是被爱着的
感恩上帝暗中送来的礼物

选自《鲁西诗人》2017 年第 4 期

院墙里面

臧利敏

院墙里面　那些土地
坟包一样地隆起
棕红色的泥土有着农人的质朴表情
焦灼地等待着冰冷的施工机械的处置
去年　这里庄稼茂盛　小麦摇曳
野草散发幽香
去年　这里泥土孕育生长希望
春风吹拂单纯理想
今天　被围起来的土地
被围墙上描绘的施工蓝图所挟持
高高耸立的塔吊　盛气凌人
有着不可一世的蛮横
村庄的宁静一再被打破
院墙里面的一棵槐树
呆滞地望着远处
没有人给它带来明天

备忘:四月

弓 车

天俯下身来,它惊讶地看着大地
用于书写的工具
如此简陋,就是轻风,就是白云,就是细雨
闪电和霹雳在后面追着

它的惊讶不会使我感动:我
正在细数着身外的一切——
先是梧桐树的花儿使我迷恋
再是鸟鸣停泊在我的肩头
还有小河,它偷偷流着银河里的水
和不知所措的星辰……

当我试图记下这一切
天把身俯得更低,一直把我压进土里

以上选自《鲁西诗人》2017 年第 2 期

《群岛》诗选

主编：谷频
创刊时间：1984年
出版周期：季刊
出版地点：浙江舟山
代表诗人：谷频、孙海义、厉敏、李越、白马、郑剑峰等

云　〔外一首〕
胡　弦

云在天上飘来飘去，变来变去，
我们说它像什么什么，其实，
我们和云都知道，云
从来就不是那样的东西。

云一直从事着这样的工作，
不愿在某个造型里久留。
有些越飘越高像永不再回来，有些
则越压越低，进入尘世。
但你很难置身其中，总是转眼间，云
就从某个角色里抽身而去。

自得其乐，呆在具体化的边缘。
多数时候是轻柔的，偶尔从其中
传出雷鸣，和自我解构时难以
消化掉的闪电。
偶尔的，排出整齐鳞片，像一只
巨大的怪兽突然出现在天际。

树　林

长春藤延伸，苔藓低语。
树林深处，斑驳的光影，
像欢乐和悲伤同时在闪烁。

我不知道，当一棵树开花，
是否会唤起，一个人心中莫名的伤感。
而那些从不开花的树，心中
是否曾把秘密的灯盏搜集。
新鲜的幸福曾像花粉。大部分时候，
陷在清苦气息里的蕨类，
像一群人潮湿的灵魂。

在那里，在秋天的午后，
我曾长久站立。自行车铃声
沿着林边大道远去。
当鸣蝉沉寂，枯叶那细小的柄在一声
几不可闻的轻响中离开树枝。
蛛网上，蜘蛛像一辆小坦克，从它
控制的一小片天空中隆隆驶过。

选自《群岛》2017年第2期

夏日之海的最高准则
李郁葱

是什么在这些岩石上描摹大海的声音？
用那些单调的涛声日复一日
一只海鸟告诉我，那是大海的原则

它饱满、丰盈，负担每一天的日出和月落
它收敛内部的咆哮，把它们
化作五月向上延伸的山道：为了让我们俯瞰

如果能够更远，更加深入
在一个夏季到来的收获日，它

用自己的言语大声地朗诵,假如

我们能够听懂,像听懂那些归航的渔船
从一片草叶的战栗里:那滚烫的
街道,如果能够停放一只铁锚的重量

在大海平缓的洋面上,是什么样的季节
消遣着那些岩石,让牡蛎纠缠于它?
这些阴性的洞穴,被强烈的光所眩晕

我愿意用整个大海的色彩,有一天
它归于喧嚣:但生命的喧嚣
是沉默最后的原则,我们将开口说出

在屠格涅夫《猎人笔记》里
谷 频

狩猎的前夜,丝绸般的呼吸
让屠格涅夫习惯了戒烟和禁欲
在空旷的墓地辨别星座,那些
奔跑中的动物早已废弃方向的脚印
"真正的白天何时到来?"
箭矢射中的只是自己耀眼的骨头

遮住所有的伤疤,当多余人束装而立
你身躯的大海便会斟满杯中
现在,我们要让猎人指出记忆的岩层
而忧郁的陷阱又将是谁青春的王国
从没有一张饥饿的嘴想交换牙齿
所谓锋利:只是笔记里的静物掉了地

以上选自《群岛》2017年第1期

龙 门 〔外一首〕
方文竹

龙门是皖西长江北岸的一座普通小镇
跨河而过的一列旧火车土灰着脸
桃花开了李花还要开。面朝东方的居民
活在一条河流的风格里

无龙门可跳
一次小三子指给我看雨后天上的彩虹
西街常年跳红绳的那位女孩
后来在一次车祸中丧生

那时候,我在龙门有一位女友
她曾对我说
你若给我玫瑰
我会给它煮成清水

耳 环

历史需要耳环
陪伴夜半翻书之声
群山需要耳环
足以匹配风暴的刺绣
乡愁需要耳环
多少日夜熬成了碧玉
祖国需要耳环
高扬的或颓废的具象之美

而那个在时空中奔跑的人
像一列笔直的火车
根本没有耳朵

选自《群岛》2017年第3期

父 爱
潘洗尘

女儿越来越大
老爸越来越老

面对这满世界的流氓
有没有哪家整形医院
可以把我这副老骨头
整成钢的

——哪怕就一只拳头

选自《群岛》2017年第4期

《蓝鲨》诗选

主编：张牛
创刊时间：2006年12月
创刊地点：广东阳江
出版周期：半年刊
主要参与者：张牛、陈计会、黄昌成、杨勇、谭夏阳、容浩等

溢 出 〔外一首〕

陈计会

脚手架从迎风飘动的灯笼里溢出。
商会从剩余价值里溢出。
万人坑从死亡里溢出。
郑和从传说里溢出。
古炮台从游客的眺望里溢出。
眺望从枪孔里溢出。
枪孔从海盗身上溢出。
"近海饿死猫"从谚语里溢出。
花艇从"大澳赚钱大澳花"里溢出。
"十三行尾"从咸虾酱里溢出。
你从我嘴里溢出：大澳。大澳。
大海溢出的部分，高过大海。
轻易占领了我们头顶，又不为人所知。

阅 读

它的秘密，在花岗岩与海水
之间：土灰色堡垒镶着湛蓝的花边
凝重、结实、深邃，不为一般人所把握
目光只有在外围逡巡、抚摸、掠过
如鸥鸟，或防波堤里兜转一圈的白海豚
核心：一层层包裹的洋葱，光滑、浑圆
你不知它从哪里开始，在哪里结束
此刻，不知哪来一把刀，齐刷刷地剥开
裸露：太阳的血肉、心跳、流动的月光
……抵达你想象的边界

当你还来不及反应，反应堆
已开始工作：轰击、裂变、冷却——
让你目睹思想的过程，它与世界同构
——一本打开的书，正被海风蔚蓝地吹拂

一片树叶 〔外一首〕

张 牛

竟然是一片树叶，而不是别的什么
走进了内心
她圆润饱满，透绿，有着俊俏可爱的模样
这样一片树叶，她是会歌唱的
就像一位行吟歌手
用歌声唱出了自己所经历的一切：生长沉沦爱情
　　和祝福
这样一片树叶，她稍微地轻抚
可以净化一个沾满污垢的灵魂
她散发出的光来自太空
却又找不到它的发源地

石头上盛开了一朵细碎的花

深邃的树林里溪水一笑而过
蝴蝶粘附在一片叶子上想入非非
蜜蜂钻进了巢穴，蛛蜘浑然不觉
爬满青苔的石头上盛开了一朵细碎的花

无意选择什么。风在树林里窜来窜去
阳光被幻觉惬意搓洗，云影生动有趣
挂在树梢上的鸟声清脆欲滴

土丘蛰伏着，吸吮这慢悠悠的时光

乌 云
谭夏阳

白云是穷的。而乌云
意涵多多，人们将长期堆积的愁思与
焦虑，转化成寒冰和雨雪
积压在心头。
它是一块阴云：制造大面积忧郁
但乌云，也以它的乌黑
孕育光亮，幽秘地
洞穿，犹如闪电的裂缝——
生命也需要一条
裂缝，来迎接泄漏的阳光
和豁然的，开朗。

以上选自《蓝鲨》2017年第1期

关于归鸟的描述
王洁玲

暮色轻垂，我站在十一楼的走廊
接听远方的来电。天边云霞绯红

你说，如果可以，就描述一下
这座小城的暮色

如你想象：延伸的铁轨在倾听
下一列绿皮火车的呼啸

江面平静，夕阳滑落于漠阳桥
船只漂在波心，仿佛不肯上岸的鱼

一群飞鸟正朝江边的树林移去

我迟疑了几秒。直至它们毫无踪影
然后在描述里擅自跳过这一幕

在云端
刘展君

仰视俯察总是好的
可以看见最纯净的阳光下
一个堆积洁白的世界，可以是
神仙居住的地方，可以是
雪山的城堡，供孩子淘气地玩
甚至可以是飘浮的爱意，绵延无边
棉花堆高矮不一
天空之谜，闪着钥匙的光芒
一直以来，我就想这样子
静静地凝望，点燃澄澈之光
风动无语。我们身体轻盈
穿越云层
像是一对自由的鸟儿

以上选自《蓝鲨》2017年第2期

《蓼风》诗选

创办人：徐有亭、王太贵、张孝玉等
创刊时间：1999年10月
创刊地点：安徽霍邱
出版周期：半年刊
主要参与者：徐有亭、王太贵、张孝玉、李绍约、雅歌、张君安、张本俊、单运鹅等

一杆老秤 〔外一首〕
王太贵

抹去灰尘、雨水以及浑浊的油污
才能看清一杆老秤上，恍恍惚惚的星星
在天和地之间，一杆老秤是公正的代言人
那些粮食，蚕茧，石灰，白糖，酒水，冥币
那些风吹雨打的红麻，银杏叶，花生和红薯
在一杆老秤上，掂量出自己真实的分量
它从不开口说话，一颗星的重量，约等于
一个人良心的重量，秤砣下坠的时候
万物都在向上仰视，只有天空在俯视

钉子

很多年，一枚枚钉子代替我们
完成对生活的有效楔入

在房梁、屋檐、墙壁以及木质物件上
钉子的形状是高粱秆、咸肉、红辣椒
是一张光荣榜或者一张奖状
也许什么都不是，任蛛丝和灰尘纠缠
被遮掩的钉子，有韧性和耐心
去和时光谈判，与风雨达成和解
各守其土，各司其职

站在梯子上
父亲用手锤敲打一枚水泥钉
遗像被挂上来时
祖父脸上落满白色粉尘

选自《蓼风》总第16期

妹妹 〔外一首〕
雅歌

为了偷生一个弟弟，父母决定
把满月的妹妹送去姥姥家
那是一段蜿蜒曲折
长满野花和杂草的小路
要从下午一点走到傍晚
甚至天黑。但姥爷不怕
他找来扁担和笆斗，一头装着米
一头装着妹妹，头也不回
那笆斗晃晃悠悠，晃晃悠悠
妹妹一声不吭，仿佛含着命运
赐给她的一滴乳

窗

这一次是真的
窗前那抹玫红色的身影
消失了。她不再出现
朝我挥手
今天有些阴沉，若有若无的雪花
从我的心中下到门前的台阶
看起来有些凌乱，其实恪守规则
我想起昏黄的路灯下，她走了几步
又转过身，对我喊
嗨——
一种不舍的语气，又凄凉无畏
如今却唯有雪，在窗前
落啊落啊，傻傻的
像是她在冬天
战战兢兢地开花

选自《蓼风》总第15期

《赣西文学》诗选

主编：漆宇勤
创刊时间：2007年
出版周期：季刊
出版地点：江西萍乡
代表诗人：漆宇勤、李林峰、赖咸院、刘鑫、刘华、包华其、钟敏超 等

雨落赣江　〔外一首〕
赖咸院

雨落赣江，就不再是雨
而是水，赣江水，浑浊与清澈都与它无关
当我再次抵达赣江
试图从它的动荡中找出雨水的蛛丝马迹
不过是发现，两片荡漾的芦苇，优雅的波浪以及
　水鸟
它们有着雨的DNA
它们也有着雨的身体和魂魄
唯独，他们是改名换姓的一代
不叫雨
它们是水
赣江水
飞流直下，是它们的前世
今生，它们选择了抱团取暖

赣江流

牛羊走到赣江边，低下头，只饮水不吃草
低吟，浅唱，满身的泥巴像是刚从战场归来的士
　兵

夕阳走到赣江边，低下头，只听水声涓涓
此时，它是被遗弃的一个，另一个被遗弃的
正站在对岸，与它隔江对话

我走到赣江边，低下头，卷起裤管
扑通一声，跳去赣江，与之相拥，与之对饮

我们有秘密，心照不宣
我们有光阴，被水一洗再洗

晨　读
刘　华

窗外泛着晨光的木棉叶
像一张张通往夏令营的门票
一位读者浮在云朵之上，阅读
使他对季节的轮换充耳不闻
仿佛再也没有事情值得分心
诗章中的韵母点亮了灵魂的灯
他觉得自己又多活了一次

转让启事
春暖水

杂货店，理发店，小宾馆，网吧，修理店
都在营业
只有一家小超市，关了门
看来，老板被生活卖了
我原本是来找打印店的。但我相信
所有店都将陆续关门
而它恰恰相反——我在它紧闭的店门前停下
现在，有个陌生人将谜语贴在玻璃上
转让给了我

以上均选自《赣西文学》2017年春季号

《0596诗刊》诗选

创办人：康城
创刊时间：2012 年 1 月
出版周期：半年刊
出版地点：福建漳州
代表诗人：康城、许建鸿等

取出人间烟火
　　　　　　　　许建鸿

要劈开被包装的肉体
才能找到薪火
硬朗的骨头
是激情的燃料
有信仰的高度
支撑渴望着的生活

难能可贵的东西
都隐藏得很深
比如石油、煤炭
怀揣在心底
就是一块
待劈的木柴

诗歌只用语言的斧子
就轻而易举地
取出人间烟火
　　　　选自《0596 诗刊》总第 11 期

马洋溪　〔组诗选二〕
　　　　　　　　康　城

二

水归于平静
石头两鬓灰白
十四年后的马洋溪
依然沉默
只是答案都在流动
也就是答案

并不存在
错误

可以拨开树枝
但你搬不动一块时间的巨岩
即使绕道
它也在那里
你可以视而不见
也会在远处见到另一个侧面

巨大的岩石产生碰撞的幻觉
在追溯的过程中
你不断停下来擦拭看不见的疼痛

四

几条马洋溪
在记忆里
代替你活在清澈的马洋溪
石头不需要隐藏
不能说出任何言语
不能离开
命定的位置

马洋溪和花海是策划出来的
关系，是美
沉默和枯萎的信号灯

你再次站在接近诗的地点
一次次被生活驱动
只为写一首
没有根据的诗
对应生活
泛滥或放弃的表象
让它消逝

　　　　选自《0596 诗刊》总第 10 期

《67度》诗选

主编：宋峻梁
创刊时间：2006年
创刊地点：河北衡水
出版周期：半年刊
主要参与者：火柴、吉葡乐、可风、吕乃华、宋峻梁、张秉庄、高洪斌、谢久明等

他手里拿着笼子的钥匙〔外一首〕
林 荣

一个在梦里厌憎束缚的人
又钻进了新的铁笼
他并不是被强迫关进去的
只是由于惯性
他习惯于把牢底坐穿的誓言
他在这硕大又逼仄的铁笼里麻木地做事
时针和秒针一样有着相同的沉重
他手里拿着笼子的钥匙
但不到时辰，他并不打算打开那把锈蚀的大锁
放出尚存梦想的自己

攀到高处听月亮

霓虹闪烁，不断有各种车辆驶过
街边散落着三三两两电影散场的人们
有时，她是他们其中的一个
身上裹着淡淡的月光
她从橱窗的玻璃观照浅表的自己
月光在那一瞬会丢了踪迹
她赶紧把月光找回来
她抱着月光回家，她把月光

化成一碗充饥的米

一滴水
火 柴

一滴水包含了整个世界的秘密

她有一个尘埃的核
她的帝王
那里简单，粗粝，永恒，不可言说
一滴走神的水
从一开始就应该拒绝思想的介入
但后来她不该倾听
然后是她向阳光索取了一只眼睛
然后是表达自我的欲望
世界从内向外对她实施惩罚
一滴水的噩梦
当她开始哭泣
她分裂成更多的水滴
变成雨

以上选自《67度》总第十三期

寂静之光
青山雪儿

那是一朵穿裙子的云
你不知道是她幻化成了人形
还是天使下凡人间
她只是独自停歇在那片草地上
默默地品读一本书
你听不见风声，只闻到花香
你看不见根脉，遍地长满黄金
天地静穆，阳光普照
你都不忍去碰触
滴落在清泉之上的色彩
光芒环绕着她
寂静的边缘缀满星星的碎语

选自《67度》总第十四期

特别纪念
SPECIAL COMMEMORATIVE

邹荻帆纪念特辑·纪念邹荻帆先生百年诞辰

> 1938年，巴金在上海出版"烽火小丛书"，邹荻帆创作了第一部长诗《在天门》，由巴金出版。由于这部诗暴露了大后方的黑暗与残酷，遭到国民党政府的通令查禁。但诗人的正义之感爱国之心是查禁不住的。
>
> —— 刘益善

余光中纪念特辑

> 一位作家回故乡谒祖寻根，场面如此盛大热烈，这是我平生从未见到的。我想这是因为一位台湾诗人离家七十年而回乡省亲认祖的拳拳深情，也因为他写了家喻户晓的乡愁诗。而更深层的内涵是他在寻找中华民族的血脉，深厚的炎黄之根的文化认同，心系大陆的中国情结。我突然领悟：原来他的诗是这块母亲的土地所孕育，其根就在这普通山村的泥土里。
>
> —— 江少川

邹荻帆纪念特辑·纪念邹荻帆先生百年诞辰

亲和诲我是恩师

□ 刘益善

今年是邹荻帆老师诞辰一百周年，回想与荻帆老师交往的点点滴滴，心中的感念之情不绝于缕。我写下这篇短文，以纪念荻帆老师对一个后辈诗人的培养，和一个后辈诗人对一个前辈诗人永远的感恩。

最早知道邹荻帆老师，是1973年我从华中师范大学中文系毕业，分到《湖北文艺》（后改为《长江文艺》）杂志做诗歌编辑时。那时单位里有一个资料室，里面有从外面拉来的查抄退回的书刊，我有空就去帮助资料员整理这些书刊。我发现了一些大32K本的《诗刊》合订本，在这些《诗刊》上，我读到了许多文革前的诗人作品。我读到了邹荻帆老师的好多组诗，这些组诗写得清新朴实，写的是有关洪湖和江汉平原的生活与风情，在当时读够了口号与空话的诗歌后，我被这些诗深深地打动，并为这位湖北籍的诗人所折服。

第一次见到邹荻帆老师是在上世纪七十年代末。粉碎"四人帮"之后，在中国文联召开的一次理事会上，我陪原湖北省委宣传部老部长曾淳参加会议，在饭桌上和邹荻帆老师坐到一起，邹荻帆老师那一口天门乡音吸引了我。但我只是个陪同人员，当时并没有和荻帆老师交谈过。

1981年，我写了组诗《我忆念的山村》。这组诗是我在房县去省委路线教育工作队员一年，回到城里来之后思想反思的真实写照。组诗控诉批判了林彪"四人帮"的极左路线对农村的戕害，歌颂了农民淳朴善良的美德。组诗被当时的《长江文艺》诗歌组长欣秋看中，决定在《长江文艺》1981年2月号上发表。我当时正在《长江文艺》做诗歌编辑，觉得用真名在自己编辑的刊物上发表作品有嫌疑，于是就用"易山"的笔名发出。这组诗发表后，反响不错，当时在北京音乐学院当教授的湖北籍老诗人丁力给我来信，说是《长江文艺》发了易山写山村的组诗，北京反映很好，《诗刊》已决定全部转载。他说他为家乡的刊物骄傲，不知作者是谁。接到丁力的信之后，我惊喜莫名。心想，写了好几年诗了，也发表了一些，但均没什么反响。这组诗看样子会在诗坛引起注意，但又偏偏用了个笔名，我当时要是用"刘益善"三字多好，用个"易山"，谁也不知道是我写的。这是我的私心杂念。

憋了几天，我终于鼓起勇气，给时任《诗刊》主编的同乡诗人邹荻帆老师写了封信，希望能更换署名。没几天，荻帆老师就回了信，告诉我组诗已在5月号《诗刊》转载，由于已排就付型，更改署名来不及了。荻帆老师在信中肯定了《我忆念的山村》这组诗，给了我很大的鼓励，并说了《诗刊》转载一点好诗的目的是为了起推荐介绍作用。最后荻帆老师对《长江文艺》杂志也给予了鼓励，特别是在信尾所说"家乡的刊物"，更是流露了老诗人的一片乡情，他是时时记挂着家乡的哟。

荻帆老师的信是1981年4月23日写的，5月份，《诗刊》出版后，我一拿到刊物，看到上面转载两百多行的《我忆念的山村》，高兴异常，心里怀着对《诗刊》，对邹荻帆老师的深深感激，并决定以此为起点，要更加努力，写出好诗来，以不辜负荻帆老师的期望。

《我忆念的山村》这组诗后来获《诗刊》1981~1982年优秀新诗奖，我收到的获奖证书与我后来收到的一些获奖证书不一样，十分别致。这个奖的证书印成长方形册页状，打开册页，除了获奖者的姓名和获奖作品名称外，在颁奖单位处，由严辰、邹荻帆、柯岩、邵燕祥四人亲笔签名。每当看到这个证书，看到证书上的签名，我就想起了四位《诗刊》的老主编，想起他们对我的培养和对中国当代诗歌的奉献。

《我忆念的山村》是我乡土诗的代表作，后来被选入《中国新文艺大系·诗歌卷》等多种选本，《文艺报》发表诗评家张同吾的文章，称此诗为"刻画中国农民性格特征的力作"。因为此诗，我在诗坛上了一个台阶。但是，如果没有邹荻帆老师与《诗刊》的慧眼识珠，没有《诗刊》的转载，这组诗也可能就淹没了，我也会没有后来的诗歌创作成绩。因此，我永远忘不了《诗刊》，永远忘不了邹荻帆老师。几十年过去了，我心中的感激之情常在。

我第一次和邹荻帆老师近距离接触，而且长达九天，是在1983年的新疆石河子绿风诗会。那是八十年代中国诗歌的一次盛会，来自全国二十四个省、市、自治区，七个民族的老中青诗人、诗评家、编辑出版工作者一百五十余人与会，交流诗谊，切磋诗艺。邹荻帆老师作为《诗刊》的主编参加诗会，我当时作为《长江文艺》的诗歌编辑和青年诗人也参加了，湖北诗人同去的还有王家新、杨世运。9月1日到9月9日，我们与荻帆老师天天见面，那是多么难忘的九天啊，如今想起来，尚有许多遗憾：那时为什么不向荻帆老师多请教呢？荻帆老师那么亲和，那么平易近人。在石河子招待所里，我去拜见他，作了自我介绍，老师像老熟人一样接待我，说："是益善呀，老乡老乡，你的山村诗写得不错。"

绿风诗会得到了艾青、臧克家、田间、张志民、杜鹏程、公木、严辰、刘征等老诗人的题词与贺信。9月1日上午的开幕式上，邹荻帆老师代表《诗刊》作了热情洋溢的祝贺，他的贺词诗意盎然。他说："一阵新的绿风正绿化我们伟大的祖国，这就是进入社会主义现代化的绿色的风。它是多么温柔的风，使真善美的种子成长、繁荣、发展，使心灵纯洁而高尚，使我们心儿为未来充满信心而歌唱。而它又是多么严峻的风，使违反时令规律的罂粟花、使陈腐腐朽的荒原、使虚情假意的恋歌、使断瓦颓垣上的标语……都随风而披靡。"

9月3日下午，绿风诗会举行大会（现在叫诗歌论坛），由邹荻帆、公刘、王辛笛三位诗人发言。荻帆老师第一个发言，他的发言实在朴实充满了诗意，得到了诗人们的热烈掌声。我这是第一次聆听荻帆老师谈诗，这年他六十六岁，正是经验丰富精神饱满之时，而且掌管《诗刊》，还不断写诗，他的见解与理论都是大家特别想听的，于我不啻诗的圣餐。

9月8日晚上，在石河子工农兵剧院举行的"振兴中华，开拓绿洲"大型音乐诗歌朗诵会上，阮章竞、周良沛、闻山等朗诵诗作，我也朗诵了到石河子后写的一首短诗。邹荻帆、公刘、林希等人的诗作，由文工团员朗诵，著名作曲家王洛宾在现场演唱了根据诗人的诗谱曲的歌，使朗诵会掀起了高潮。我则因为与荻帆老师同台朗诵了诗歌而感到无比荣幸。

荻帆老师1917年出生在湖北天门城关一个木匠的家庭，1937年8月，邹荻帆从湖北省师范学校一毕业，便投身到抗日救亡的滚滚洪流之中。1937年1月，邹荻帆在《文学》新诗专号上发表了处女诗，从此一发不可收拾，感情的激流如飞瀑直泻。同年4月，《没有翅膀的人们》发表在《中流》第8期上。在这首八百多行的叙事长诗里，邹荻帆将农民的苦难和国民党政府的腐败昏庸，以满腔的忿懑进行了叙述与抨击。诗一发表，便受到巴金等名家的一致赞赏。同年七月，抗日战争爆发，仍住校读书的邹荻帆，与冯乃超、穆木天、蒋锡金等人筹办了《时调》诗刊，发表抗日诗章。这时，胡风从敌占区退回武汉续办《七月》，创刊号上发表了邹荻帆的新诗《江边》，此后他也成为了七月诗派的主将。

为了抗日，邹荻帆以笔作枪，参与发起并组织了中华全国文艺界抗敌协会。1938年，巴金在上海出版"烽火小丛书"，邹荻帆创作了第一部长诗《在天门》，由巴金出版。由于这部诗暴露了大后方的黑暗与残酷，遭到国民党政府的通令查禁。但诗人的正义之感爱国之心是查禁不住的。1940年，邹荻帆又创作了一部两千多行的长诗《木厂》，发表在巴金主编的《文学丛刊》第六集。这是中国第一部描写农村手工艺者命运、劳资纠纷、工农被迫革命的长诗，诗一出版便遭到了国民党政府的查禁。

1949年6月，邹荻帆到北京参加新中国的文化建设，先在文化部外文局工作，1959年到《世界文学》工作，文革中到江西劳动，1978年到《诗刊》工作。荻帆老师到《诗刊》后，创办了全国青年诗歌刊授学院，培养了大批的青年诗人。

荻帆老师离开家乡多年，但对家乡充满了感情，在新疆，对我们几个湖北诗人显得特别亲热。我和杨世运、王家新，还有在新疆工作的武汉支边青年诗人李瑜，约在一起去看望他，他很亲热地问我们的工作和创作情况，并对我们的诗歌给予指导。9月6日，参加诗会的诗人到新疆建设兵团122团场参观访问，在一片棉花地边，背后是几棵白杨树，荻帆老师站在中间，左手搭着我的肩膀，右手搭着一个新疆诗人的肩膀，和我们留下了一张照片。荻帆老师穿着一件白短袖衬衣，面露微笑，他双手拥着我们，既是一位慈祥的长者，又是一个潇洒的大诗人。这张照片给我留下了永远的纪念。

从新疆回武汉后，我与荻帆老师的联系就多了起来。1984年11月，荻帆老师到襄樊参加一个诗会，在襄樊卷烟厂参观时，写了一首《写在襄樊卷烟厂留言簿上》的诗，他歌颂襄樊卷烟厂："因此我觉得襄樊卷烟厂／是襄阳走出了茅庐的当代孔明，／为了古城焕发现代化青春／它鞠躬尽瘁，一片丹心。"这首诗发表在《长江文艺》1985年2月号上，当时我在《长江文艺》担任诗歌散文组长，这是荻帆老师文革后在《长江文艺》第一次发表诗歌。1986年《长江文艺》3月号封二发表了荻帆老师的一幅照片和"中国作家协会理事，《诗刊》主编，著名诗人"的简介。在同一期刊物上，发表了他的一万多字的散文，这篇《森林的玫瑰》是他访问民主德国少数民族地区的小记。荻帆老师不仅写诗，而且也写小说、散文，出版过长篇小说和多部诗文集。而他给家乡的刊物投稿，也说明了他对家乡的一片深情。

1986年10月，首届长江诗会在武汉开幕的时候，荻帆老师参加了诗会，住在东湖宾馆。我们湖北的几个诗人谢克强、郭良原、曾腾芳、邓澍与我去看望他，他和我们留下了一张合影照片。照片上，荻帆老师站在我们中间，红光满面，很高兴的样子，他是因为回了故乡，看到湖北一批诗人成长起来而高兴吧！这一次，曾腾芳、郭良原向他汇报了天门两届平原诗会的盛况。荻帆老师十分激动，以饱满的笔触，给平原诗会写了书简和诗章，并代问家乡业余诗人和父老乡亲们好！最难忘的是1990年10月第三届平原诗会，荻帆老师出访刚回到北京，接到诗会筹委会的邀请函，便偕夫人高思永风尘仆仆赶到天门，这是荻帆老师青年时代离别家乡后，第一次回故乡。"少小离家老大回，乡音无改鬓毛衰"，他是来寻根，寻求记忆中的故乡竟陵；他是来怀亲，怀念天门的父老乡亲。在朗诵会上，荻帆老师以浓重的乡音、浓厚的乡情，朗诵了他当天（10月5日晨）在下榻的天门宾馆急就的长诗《家乡，我的家乡》，获得家乡父老经久不息的掌声。

1993年10月14日，邹荻帆在第24届南斯拉夫梅代雷沃国际诗歌节上荣获梅代雷沃城堡金钥匙奖。也是在这一年，他翻译的南斯拉夫文的中国当代诗人诗选在南斯拉夫出版。荻帆老师给我写信，我的两首诗也被选入这本诗选，这是我感到十分荣幸的事。

1995年9月4日，荻帆老师在北京去世，噩耗传来，我们几个湖北诗人泪流满面，湖北诗人痛失良师，中国诗坛少了一位令人尊敬的有良心的与人民贴近的大诗人，我失去了一位恩师。

荻帆老师，愿你在天国还写诗，家乡人民会永远读你的诗篇。

秋天来了，江滩的芦荻花开了，秋风中，那一片白色的荻花直挂长帆，正逐浪追云。

荻帆老师安好！ [Z]

赤子之心：邹荻帆与他的诗

□ 王泽龙

一、"家乡劳苦人的血和泪感染了我的诗"

一百年前的初夏之交，邹荻帆出生在湖北中部江汉平原小镇天门一个开木工作坊的家庭。江汉平原湖泊纵横，土地肥沃，以生产粮棉著称。然而，水乡如果碰上水灾，就会颗粒无收。在当地流传着这样的民谣："湖广沔阳洲，十年九不收，倘若一年收，狗子不吃糯米粥。"一旦水灾到来，他们一家人便得到邻居家高楼上去躲水，诗人记得他二嫂描画水灾的成语：鱼游鸟巢，鸟飞天外。

除此之外，在长江汉水流域，还常常有旱灾、虫灾，特别是铺天盖地的蝗虫飞来，如同黑云压城，遮天蔽日，人们敲锣打鼓，怒吼冲天，不让蝗虫落地，一旦蝗虫降落，庄稼茎叶全无，田野上一片哀嚎。家乡天灾连连，而且人祸不断。每年征兵派丁，被抓去的壮丁也不知道为什么人打仗，穷人呐喊、暴动，封建宗族与当权者联手镇压、屠杀，这一切都成了他童年的记忆，也是他早年诗歌饱含忧伤与悲愤的诗情的源头。他青年时代所写的几首叙事长诗，《做棺材的人》、《没有翅膀的人们》、《在天门》、《木厂》就是他家乡苦难生活的写照。

《做棺材的人》讲述的是一个木工凄凉的人生：木工作坊里做棺材的工人，得了肺痨病，为了养家糊口，不受老婆的埋怨，带病劳动，"然而他不能瞒自己，/这几天腰是疼的，/眼前时常发黑，/昨夜更咳嗽了，/关不住一口腥血。"不久，"芦苇裹起了他的肉体，/更加上几重麻绳的束紧"，"两个人抬杠着在荒街走了，/做棺材的同伴惨然地随在后面，/撒着一片两片的纸钱。"——长年做棺材的人，死后却没有棺材收殓。《没有翅膀的人们》描述着家乡兵匪横行，老百姓日无安宁："匪兵在乡村里打着旋涡，/几时还有安闲的日子过？""纺车在屋角也暗自吞声，/望乡间哪有一星灯火。"抗日战争爆发后，民族的灾难和人民的灾难交融在一起，劳动者困苦的生活成了诗人关注与表现的主要内容，这一些生活中的受难者，"成了我从事文学的启蒙者，他们的血和泪感染了我的诗。"（邹荻帆：《邹荻帆的抒情诗后记》，《诗的欣赏与创作》，三联书店1985年版，第100页）比起七月派其他诗人，邹荻帆的早期诗歌"反映他们（劳动者）的受难比斗争更多一些、更具体一些"。这也正是邹荻帆诗歌的特色，他那时不知道什么叫诗艺，只是一吐为快，尽管粗糙、浅露，但是，诗歌写出的是他对家乡生活的真实记录，对劳苦大众亲近的体验，是从他内心世界涌现的朴实感情。它们像一丛丛野花，带着苦难的乡土气息，与原始的生命力，开放在贫寒的大地上。

当然，故乡也是开启他浪漫诗心的摇篮，故土更是他精神的乳娘。他在回忆故乡对他的影响时说，最难忘的是长他一辈、他最熟悉的木工师傅们。他们在拉锯、挥斧、锉锯、跑刨时，常常唱起音韵昂扬的花鼓戏，还有街头卖唱女子唱的凄凉婉转的三棒鼓，悲怆动人的麻城调，都在他幼小的心灵里留下了不可言传的悲凉。他常常随同家里的木工叔伯去茶馆看皮影戏,听说书人讲连台故事《水浒》、《封神榜》,这些都成了诗人最初的艺术启蒙。他一生为家乡魂牵梦绕,为母亲故土抒情歌唱:"在春日的黄土路上/有响着骡马的铃铛,/你该从芦席壁的窗口向外探望了。""你的水磨/还在辗转着,/乳白的麦粉/从紫砂的磨盘流下,/……磨盘平和的声音/同渗透进溪流声的你的摇篮歌/绞进我微笑的梦境里。"(《献给母亲的诗》)这一切都是"我最初的几本诗的生活来源,心情的基础"。无论是烽火连天的战争岁月,还是新中国建立后的和平年代,诗人为养育他的故土写了大量的诗篇。

二、燃烧的年代与燃烧的诗情

邹荻帆初登诗坛,迎来了抗日战争的爆发,全民抗战的激情点燃了他青春诗情的喷涌。抗战前夕的1936年,他开始新诗创作,那时他还是在武昌读师范的一名学生。1937年1月的《文学》杂志发表了他的长篇诗歌《做棺材的人》;同年4月,鲁迅支持的,由黎烈文主编的《中流》杂志又发表了这位年轻诗人八百余行的长诗《没有翅膀的人》;年底巴金又把他的长诗《在天门》编入"烽火小丛书"出版。从家乡苦难岁月中汇聚的悲愤诗情如同火山喷发,极大地鼓舞了这位年仅20岁的诗人。同年,他参与了冯乃超、穆木天、蒋锡金等创办的诗刊《时调》;胡风来武汉主持的《七月》创刊号,发表了他的《江边》。这样,我们的年轻诗人在激情燃烧的岁月健步登上了激情燃烧的诗坛。

邹荻帆的确幸运,他的诗歌创作一开始既受到了较广泛的关注,又得到了前辈诗人作家的亲切指导。胡风在看过他给《七月》的诗稿后,几次告诫他:"要有饱满的感情,要突破枷锁的束缚","他所说的饱满的感情,经常是指对生活态度的真实,创作激情的真挚。至于突破枷锁的束缚,他多指对传统形式的突破,乃至韵律等。他并向我介绍了艾青、田间等一些有贡献的诗人。"(邹荻帆:《诗的欣赏与创作》,三联书店1985年版,第104页)他在抗战初期,给《文艺阵地》投稿后,不久就收到了茅盾的回信:批评他在这样的大时代,不应该有轻轻的忧郁,淡淡的哀愁。这一些思想与精神的引导,更加坚定了诗人面向现实,关注大时代的创作方向。1938年3月,中华全国文艺界抗敌协会在武汉成立,他成了这个著名组织最年轻的成员。1938年邹荻帆从师范学校毕业,他和于黑丁、曾克等人一起参加了臧克家领导的第五战区文化工作团,接近了他崇敬已久的诗人臧克家,迎来了他人生与诗歌的新的时代。他在战时写下了《走向北方》、《在原野上》等一系列名篇,出版了诗集《尘土集》、《意志的赌徒》、《雪与村庄》、《青空与林》等。

诗人在战火燃烧的年代,走向前线,奔向激情燃烧的诗的前沿:

闪电劈击了我/火焰燃烧了我/武汉呵/武汉!电火着落在我身上/苦痛煎熬着我,我/如所有的人子一样/以迸散着雪与泪的声音/喊着自己的亲娘。/武汉/你是哺育了我的丛林,/你哺育了我/用你扣紧了时代轮盘的心脏(《投给武汉》)。

诗人要把青春的热血与青春的诗情一同献给养育他的祖国,献给和他一起奋勇抗争的人民。他要让全世界听到他的声音:

让我朗诵给世界听:"如此炎炎的只是为了自由和饥饿,铁的丰碑,中国起了火!"/为着火/我的周身像通上了电流,/我摸一摸臂膀/又摸一摸胸膛,/"成长了没有/中国的孩子!"(《投给武汉》)

邹荻帆的抗战诗歌比起他早期的诗歌有了更加广阔的视野:记录战斗岁月的艰难生活,表现寒冷旷野的愤怒呼号,讴歌悲愤时代的悲壮斗争,透露着一股不可侮辱与不可征服的坚毅与沉雄的力量。

"银亮的雪地上/风咆哮地滚过了村庄","马队行进着,/风卷着雪,向远方滚去,/铃铛/如同浸在溶液中一样/困厄地透出吉铃铃的声响。/雪花洒向了马队,/马匹嘶叫着,/脚蹄上掀起着雪泥,/马队/像一条白线的浪/卷向远方去。""虽然是贫穷、荒僻、而且寒冷的村庄,/但决不让盗贼们栖息。"(《雪与村庄》)邹荻帆的抗战诗有着几分悲凉,几分豪壮,浓缩着艰苦卓绝岁月的凝重气息。

邹荻帆的青春诗情与时代的相遇,铸就了他奔放而凝重的诗歌风骨,这种风骨是现代诗歌最可宝贵的精神底色。他的诗歌刻印着一个民族风云变迁的时代烙印,映现着一个知识分子与民族走向新生与复兴的心灵历程。每一个时代，都需要这样的声音，需要这样的为大时代抒情、为人民代言的良知与诗心！这正是我们今天重温邹荻帆诗歌的意义。

三、诗歌活动家与诗歌批评家

邹荻帆不仅仅是一个紧紧追随大时代前进的诗人，还是一位优秀诗歌活动家与诗歌批评家。1939年诗人计划奔赴延安，却因为日机轰炸，滞留重庆，借居在北碚黄桷镇的一个朋友处。黄桷镇正是战时复旦大学所在地。一些文艺青年朋友便带他到学校饭厅混饭吃，当时学生大都来自沦陷区，食堂管理不严，吃大锅饭。一天看到食堂门口贴出一张大标语：吃白饭者良心何在？这一下子激发了他报考大学的勇气，——为了有饭吃。这一年夏天，他如愿以偿考上了复旦大学外文系，结识了在外文系教书的靳以先生，并且收获了爱情，认识了正在学校读书的未来妻子史放。这一年冬天，他和诗人们创办了大型壁报《文艺垦地》；一年后，他和同学姚奔组织发起，编辑出版了《诗垦地》杂志，杂志由同学、诗友、老师募集经费，靳以、曾卓、冀汸、云天、绿原、阿垅、张芒都给与了大力支持，路翎也将胡风留下来的《七月》存稿交给刊物使用。从1941年10月至1945年12月《诗垦地》以丛刊的形式共出版了六集。第一集《黎明的林子》出版后，队伍不断扩大，成都平原诗社的同人杜谷、芦甸、方然都积极向杂志投稿，在重庆的诗人袁水拍、力扬、徐迟为刊物写稿，谷风（牛汉）从西北寄来诗稿，延安的诗人公木、候唯动、孙滨等也成了刊物的作者，刊物影响日益扩大。刊物第二集《枷锁与剑》（反法西斯特辑）在国民党反共高潮中出版，受到广泛关注与好评。在刊物的作者队伍与刊物风格上，《诗垦地》都继承了胡风主办的《七月》的特色。胡风对邹荻帆的诗歌与《诗垦地》给与了极大的关注。在《七月》创刊号，就发表有邹荻帆的诗歌《江边》，这给了年轻人极大的鼓舞。1942年胡风编辑的《七月诗丛》向邹荻帆约稿，出版了他的诗集《意志的赌徒》。在《七月诗丛》第五集《滚珠集》上发表有胡风讨论田间诗歌的文章《一个诗人的历程》。《七月》、《诗垦地》成为了七月诗派重要的组成部分，邹荻帆成为了《诗垦地》的中间力量，《诗垦地》成为了战时国统区最有影响力的诗歌阵地之一。

邹荻帆在新中国建立后，以他自身的创作体验，培育着青年一代诗人。他最推崇的是诗歌与时代的紧密联系。他说："我总认为，诗歌应有时代的脉搏。翻开一本诗集而不能感到诗人的心是在哪一个时代的，为我所不取。"（《诗的欣赏与创作》，三联书店1985年版，第118页）一首诗应该把现实生活中的所见、所闻、所感告诉读者。这也是诗人自己一辈子自觉追踪时代生活的脚印，获取诗歌精神源泉的由衷心得。诗人与时代的交融必须是以真诚的情感与时代生活汇通，诗人要真诚，"以诗人的情感与读者谈心"，抒写人民大众之情。在1941年《诗垦地》时期，有人推荐给他看了一首抒情短诗《打马过襄河》："七百里风和雪，我向东方，打马渡襄河。赶着春天去，去丰收一个秋天。"他认为，这是一首充满了时代气息与青春朝气的诗篇，在国统区有着特别的鼓舞人心的力量。仅仅有真诚的情感也是不够的，诗人在拥有了现实生活的材料与真实的感受后，还要有进行"诗的净化"的能力，追求表现的创新。他在一篇评价苏叔阳的抒情短诗的文章中指出："爱情，这个古往今来多少诗人都曾吟咏过的主题，这几乎是人人都曾体会过的经历，因此，也易写，也难写。"苏叔阳的诗写道："爱，是一首无字的歌，/要用全身心去感受；/爱，是一条漫长无尽的小道，/要用整个生命去走……""只要凝视着我的眼睛，/长久长久地沉默……"（《诗的欣赏与创作》，三联书店1985年版，第152—153页）诗人以独特的诗艺的表现，写出了读者普遍的体验。他认为诗意来源于生活，诗人要善于在生活中去发现诗意，精心捕捉诗意的细节。他欣赏这一首诗："多情被道路拉长，/……闷罐车像有意安排的悬念/突然间，给你一个/天山、大漠、立着雄关的瀚海！"（《诗的欣赏与创作》，三联书店1985年版，第164页）他提倡诗要布局、要"熔裁"，诗的熔裁是为了"芜秽不生，纲领昭畅"。诗要用比喻，好的比喻，是"以切至为贵"。邹荻帆不是一位专业的评论家，他却以自身诗歌艺术实践，为我们的新诗艺术实践留下了宝贵的经验，值得我们去学习揣摩。Z

一个黑暗时代的灰色记忆：再读邹荻帆早期诗集《木厂》

□邹建军

当代著名诗人邹荻帆先生，湖北天门人，木匠家庭出身，有苦难的童年，热血的青年，辉煌的壮年，平静的晚年。今年是他百年诞辰，作为他的家乡之人，作为他的同姓宗亲，作为《邹荻帆全集》的主要编选者，我们有理由撰文进行纪念，以弘扬其人格精神，彰显其文学成就，繁荣当代中国的诗歌创作和文学译介事业！作为二十世纪四十年代七月诗派的重要诗人，他在一生中创作了大量重要的诗歌与其他文学作品；作为一位杰出的翻译家，他在一生中翻译出版了大量的外国小说与诗歌等作品；作为《诗刊》的主编，他策划了诸多具有重要影响的诗歌活动，扶持与培育了为数众多的诗歌人才。可以说他为中国当代诗歌的发展，做出了重要贡献！《中国诗歌》策划一期纪念特辑，约我写一篇纪念性的文章，义不容辞！不过，在此我只是想谈一谈阅读他早期重要诗集《木厂》的一些体会。

《木厂》是他早年的一部重要诗集，1949年由上海文化生活出版社作为"文学丛刊"之一种出版，全书160页。除了《序诗》之外，这本诗集共由四部所构成。第一部是一首长诗《我生在木厂》；第二部由三首长诗构成，包括《斧锯刨繁杂的交响》、《木厂里的造访客》、《夜》；第三部包括了三首长诗《悬梁者》、《水葬》、《做棺材的人》；第四部只有一首诗《再会吧，木厂》。从此可以看出，这部诗集的主要题材就是江汉平原上的一个木厂及其间人物的生活与命运，没有写到当时的革命战争，也没有写到城市里的现代生活，而是写典型的城乡结合部的平常生活，在取材上形成了一定的特点与优势，因为从前很少有诗人由此取材与进行表现。同时也可以看出这部诗集具有独立而完整的艺术构思，有《序诗》也有相当于"尾声"的第四部，虽然整部诗集并没有一个统一的故事，也没有贯通整部诗集的人物，然而这本诗集中的所有作品叙事与抒情兼具、自我与他者相融，是那个时代不可多得的作品。而之所以说它是一本长诗集，是因为收入其中的大部分诗作都比较长，就是序诗也长达79行。当然，我们也可以说它本身就是一部长诗，由四部所构成，只是又分成了七首，外加一首《序诗》。也许有人会问，这本诗集为什么不是由诸多抒情短诗所构成？这是因为诗人要以一个木工家族为主要表现对象，从而全面地表现家族的历史与人物的命运。这本诗集里的诗作具有一种史诗意识，虽然没有史诗的故事、构架与气势。这本长诗集显然写了比较长的时间，因为从其《序诗》中我们发现，此时的抒情表明诗人是在表现十年以前的生活："虽是生活的波浪/已把我掀得老远/但我不会忘记你们/每每我想起了/那风雨织着的芦席棚/同春天/那柔和的阳光/从破壁射进泥湿的木厂/你们知道/我是沉浸于怎样的回忆里！"（《木厂》第1—2页）全本诗集虽然是写实的基调，然而是一种在回忆里的写实，每一首诗里都有作者自己的感情，一切的东西都有强烈的个人色彩。华兹华斯曾说诗是在回忆中产生的，并且是强烈情感的自然流露，邹荻帆先生的这首长诗正是以回忆的方式写自己从前的生活，是那么的痛苦与忧伤，同时也充满了希望。"一个黑暗时代的灰色记忆"，这就是我对这本长诗集的一个也许并不十分准确的概括。

读完这部诗集，我发现它在许多方面形成了自己的特点与优势，在诗人的历史上是一部不可多得的作品。诗人后来的大部分诗作，基本上沿袭这样的思想格调与艺术风格。其特点主要表现在以下几个方面：第一，保存了一个黑暗时代的灰色记忆。诗人以一种出色的素描笔法，把那个时代的面影进行了全景式的呈现，读着读着就让我们进入了一个黑暗时代，总是让我们喘不过气来。其实在这些诗作里，也看不出来诗人所拥有的浓厚情绪，基本上就是一个一个故事的展开，一种基本写实的笔法，一种以自我眼光所进行的观察，所以我们感觉到此诗里所展示的东西，特别真实也特别可靠。也许有人会说，在上世纪的中国真的如诗人所写存在那样的时代吗？当然。并不是说1949年以前的中国社会全是黑暗的，但从整个中国历史发展过程来看，近代以来的中国一直处于风雨之中，况且1940年正是日本侵略者在中国特别猖狂的年代，人民生活简直是猪狗不如，就是像江汉平原这样的天下粮仓，绝大部分的人们也没有活路，人们只有死的死，逃的逃，上吊的上吊，跳河的跳河，那个年代的江汉平原与人间地狱没有什么区别。当然，这部长诗集里并没有写到日本侵略者，也没有写到国民党及其军队，让我们印象深刻的只是一个又一个的悲剧，这些人物与故事身上没有任何温暖与光明可言。诗人的根据，当然是他自己的生活，以及生活里的所见所闻，首先是他自己对生活的感觉、对时代的认识以及对江汉平原地理环境的感知。当代中国的读者，要认识上个世纪上半期的中国社会，特别是江汉平原一带人们的真实生活，《木厂》无疑是一个重要文本。它以写实的笔法保存了对于那个黑暗时代的灰色记忆，因此具有特别重要的历史文献价值。第二，以自我的感觉创造了一组重要的人物群像。在这部诗集中，作者的取材无疑是自我的家族，而诗中所写全是自己所熟悉的人物，所以写起来得心应手，塑造起来也就相当到位。这些人物几乎没有自己的名字，但诗人以他们的自己的言与行现身说法，而表现了他们各自的命运，其实也就是他们的共同命运。在这部诗集里诗人着重写了"三个影子"，分别代表了三种人的命运，无论是生病、贫穷还是超负荷的劳动，总是让人痛心不已的事情。"三个影子"其实也就是三个符号，并且具有一定的象征意义。在第二部里有这样的诗节："在火的亮里／我也将看着他们同厂主一样／茅屋的前面贴着红色的春联／老人们踏着雪原去沽酒／神龛前燃亮着一对红烛／而且大厅前／一堆人围着圆桌／一个女人／正用盘子托着一盘热气蓬蓬的东西。"（《木厂》第45—46页）这里出现的"厂主"、"老人"、"一堆人"、"女人"等四类人物形象，虽然不是十分鲜明，然而也具有意义与内涵，并不只是一种影子的存在。最重要的人物当然是抒情主人公自己，也就是青年时代的邹荻帆先生，一个拥有苦难记忆与冲破阻力前行的先知者。当然，更多的人物还是那个时代里的无法生存者，他们总是挣扎在死亡线上，并且没有任何生存的希望与生活下去的勇气。虽然在诗中并不一定要出现人物形象，然而如果有人物形象并且具有某种象征性的人物形象出现，对于诗的表现力而言并不是一件坏事。第三，具有一定的故事情节与丰富的生活细节。这部诗集里的七首长诗，写的就是诗人自己的生活，就是自我的家庭与家族，因为诗人自己就出身于一个木匠家庭，诗人曾经说自己出身于一个做棺材的家族，所以对于所写的对象相当熟悉，在表现生活与人物的时候往往不需要任何加工，也不需要什么特别的想象。从木厂里的平常的木工，到他们生病之后的悲惨，以及他们与自己的妻子、儿子之间的对话，他们的自言自语，都是具体而详细的，不仅做到表现生活空间的真实，而且呈现出了一种细节上的真实。这部长诗集没有写到整个中国的命运，然而主要表现的就是那个时代中国的命运；没有写到那个时代整个中国人的苦难，然而诗人表现的就是那个时代整体的深重苦难。因此从总体上而言，这个木厂故事就形成了一个巨大的隐喻，内涵是相当深厚的，力量是特别强大的。在《水葬》里有这样的诗节："第二个影子／我看见一个结实的汉子同一个少妇／被束缚了全身／抛掷在一片激流里。//那也是同今夜的月色一样啊／推开窗子，／一片白茫茫，／禾场哟，／草堆哟，／黄色的道路哟，／牛栏哟，／村庄哟，／木厂哟，／都沉在如水的月色里。"（《木厂》第101—102页）如果我们称这部诗集里的诗为故事诗也是没有问题的，因为诗人就是在诗里讲自己的所见所闻，也就是一种故事。并且这里的故事与人物是由具体的、生动的、鲜活的细节所构成的。如这首诗里所展示的都是一些细节性的东西，其实也就是意象，由这样一些意象而构成了不常见的意境。一对有情者的悲惨命运，就如一首月光曲，总是让我们沉浸其间。自然时空细节的魅力，在此得到了充分的说明；诗人自己的同情与悲悯，也得到了有力的展现。第四，这部诗集里的作品在语言上是有独到经营的，那就是简洁、直接、原色与意象。每一首诗里都没有多余的话，全都是具有实实在在的内容与表现力的语言与句子，简洁与准确地表现江汉平原人们的生活情景与悲惨命运。诗中没有什么抽象的议论，甚至没有一句空洞的句子，直接地描写与叙述一个环境与故事，也没有一句空洞的抒情。我们读这样的诗作，其实也就是看一幅幅的画，听一个个的故事，品一种种的人生。诗里的存在主要是故事形态，然而这些故事并不曲折，而是在那个时代的生活里实实在在所发生的事情，然而河流意象、木材意象、工厂意象、劳动意象、生病意象、水葬意象、灯火意象、泥土意象等，还是相当突出且具有内涵的。就我有限的阅读而言，在现代中国还没有如此细致表现木厂生活的诗篇，也没有如此原始的江汉平原意象的呈现。有的人总是强调诗人的表现要有生活的变形，而这里存在的基本是生活的原生态，包括形状、色彩与构图，没有什么想象的东西，也没有加进多少个人的思想，然而情感与思想却是如此有力存在于其中。"但今天，/我必得向你告辞了。//木厂啊，/感谢你，/使我在二十年黑暗的日子里，/见到了黑暗圈外的光明，/今天我向你告别了，/临行前我向你挥手，/依依地我望着你，/'再会吧！/我匍匐了二十年的木厂'。"（《木厂》第159—160页）这里的语言是如此地直观、直接与形象，抒情性强而具有相当的穿透力，让我们感觉到了诗人的坚强意志与勇往直前的精神。对于旧时代的告别，也就是对于新生活的追求。正是在这里，诗人表现出了一种希望，这就是对于新时代的一种向往。诗的整体的色调是灰暗的，整体的格调是写实的，然而也时不时地有一点亮色，有一线火光，从而体现了一种时代的发展趋势，虽然是那样的微弱、那样的遥远！

2017年是邹荻帆先生百年诞辰，武汉出版社邹德清先生约我主编其全集，现在已经完成了百分之七十的工作量，没有办法以全集正式出版的方式来进行重要的纪念。然而，《中国诗歌》作为中国目前具有重要影响的诗歌读本之一，同时也是在他家乡编辑出版了十年的一个诗歌读本，开辟一个纪念性的板块，发表数文以示纪念，是主编们商量之后采取的一个重要举措。笔者与邹先生没有什么直接的交往，只是在近三十年前编辑《中国新诗大辞典》的过程中，与他有过一些书信来往，至今仍然保存完整。我也没有见到过他本人，甚至没有一次交谈的机会。只是自去年到现在，为了全集的编辑与他的两个儿子邹海岗与邹海仑有过多次接触，得到了他们的大力支持与无私帮助。此次再读《木厂》这部长诗集，发表自己的一些见解，也许不够深刻，谨以表达一个后辈与后学的深切怀念而已！这部长诗集可以给我们许多重要的启示：第一，诗来自于诗人自我的生活，没有通过自我的东西很难成为诗歌的内容。如果他少年时代不是生活在那个木厂里多年，他也就没有办法来创作这本诗集。第二，任何风格的诗都可以有好作品。有的人喜欢现实主义的，有的人喜欢现代主义的，有的人喜欢唯美主义的，有的人喜欢浪漫主义的，然而我们不可因为自己的喜好而否定其他风格的作品。邹荻帆先生的《木厂》无疑是一部现实主义的作品，然而也并不妨碍拥有众多的读者，也并不妨碍我们今天再来进行全新的审美阅读。第三，诗人与作家都是靠作品说话，优秀的作品总是优秀的，不优秀的作品总是不优秀的。邹先生的这部长诗集也并不是没有缺点，缺点就是语言的不够华美、意象的不够丰富、形式的不够多样、技巧的不够现代等，然而它还是一部不可多得的优秀的诗集，在邹先生自己的诗集中，在现代以来的中国诗坛上，都是如此。[Z]

余光中纪念特辑

桂子山上怀诗魂
—— 忆我与余光中的三次交往

□ 江少川

已是寒冬,突然传来余光中先生去世的消息,一时两眼恍惚,不敢相信。一想起与他相处的日子,那精神矍铄、清癯儒雅的神态,总感觉他音容宛在,怎么忽地就驾鹤西去了呢?呜呼,悲哉,哀痛万分之时,如烟往事浮现眼前。

十七年前,2000年的10月上旬,正是桂子山上的华中师范大学最美的季节,"余光中暨香港沙田文学国际学术研讨会"在华中师大隆重召开,余光中伉俪应邀赴会。我受大会委托到机场迎接,省市媒体的新闻记者从机场一直跟踪到学校,武汉高校的学子也蜂拥而至。来自韩国、新加坡、德国等国家,台湾、香港地区及13个省市的专家学者共聚一堂,研讨会围绕"余光中暨沙田文学本体研究"等议题展开,大会自始至终充满热烈、活跃的学术气氛。会议期间,余先生一出现,就有他的粉丝、发烧友围上去,拿出余先生作品集请他签名。一位德国华裔女作家特地从欧洲赶来参加这次盛会,她谈起第一次在海外读到《乡愁》诗时,眼含泪花,仿佛时空定格了,心灵受到从未有过的震撼。有位年轻记者拿一本诗集请余先生签名,他一看笑着说:这是盗版本,但仍然在书上签了名。会议期间,恰逢余光中先生72岁寿辰,会务组在楚游宫为他举办了一场小型生日晚会,红烛熠熠、轻歌曼舞,学者与学生登台朗诵、演唱余光中的诗歌。余先生致答谢词道:"我生于重阳,台湾有个作家写了一本关于我的传记,书名叫作《茱萸的孩子》,意思是说我生于忧患之中,但我并不需要佩香囊,插茱萸,写诗能帮助我战胜忧患,只要我写,我就能避开厄运。"余光中为诗而生,诗歌是使命,也是生命,同时可以解忧避难。一场生日晚会成为诗歌的盛宴。

作为秘书组负责人,会议期间我与余先生有更多交流机会。记得是从乡愁诗谈起的。问到乡愁诗的创作,余先生说:"这首诗虽然二十几分钟写就,却是离开大陆二十多年以后才写出来的,在心中积淀的时间很久了。"我接话道:我就是因读《乡愁》诗而记住你的名字的。那是八十年代初,偶然在一本台湾诗选集中读到《乡愁》诗,印象很深。而真正感动我读懂它,是一幕亲身经历的祭母场景:1988年秋,我的一位表兄离开大陆四十年后从台北返乡探亲,他回来了,而他的母亲(我喊姑母)盼儿归来两眼哭瞎,却在三年前去世。我陪同表兄回家乡汉川马口镇祭母。一跪在亡母墓前,顿时泪涌哽咽,"我在外头,母亲在里头"的诗句涌上心头。表兄回台湾前问我需要什么,我说你给我寄几本台湾版余光中的书吧,表兄返台后很快寄来《余光中诗选》、《分水岭上》、《掌上雨》等5本台版余光中诗文集。这在上个世纪八十年代很不容易,特别珍贵。因这首小诗结缘,开启了我台港澳文学教学与研究之旅。余先生听后紧握着我的手说:很难得,感人。会议中,一家省级报刊记者采访我,我谈到:余光中是我仰慕的大诗人、大作家,迄今已出版诗、文、评论、译作48部。《乡愁》诗是二十世纪新诗的经典,雅俗共赏,意蕴深厚,二十世纪如有不多诗篇流传下去,《乡愁》诗必是其中之一首。这次文学盛会对余光中先生的文学创作、文学批评、美学思想等进行了深入的学术探讨,黄曼君教授认为他是坚定不移、气节铮铮地爱中国及其文化,是一位有着独特见解、深刻内涵的思想者。我在会上作了《悲患情 民族心 文化魂——论余光中诗歌的"中国情结"》的发言,指出余光中《乡愁》诗的丰厚内涵包括无根一代的悲患情怀,蕴含深广的民族意识与归依母体的文化精神。

九日下午,我与黄曼君教授陪同余先生夫妇游览东湖,秋日的湖面,碧波如镜,丹桂芬芳。途经屈子行吟阁、李白放鹰台,诗人感慨湖北的诗歌传统历史悠久,伟大诗人屈原就是源头,"屈平辞赋悬日月"。余先生说他五十年代在台湾就写了《淡水河边吊屈原》,以后有《水仙操》、《漂给屈原》,直到九十年代写《招魂》,几首诗都为咏屈原之作。这天夜晚,月光如水,桂香四溢,余光中踏着校园小径月色,夜不能寐,写成《桂子山问月》,此后这首诗被誉为桂子山最美的诗篇,一时传为佳话。诗中选择象征荆楚意蕴的三峡、黄鹤楼、荆州、赤壁,以及大诗人李白、苏轼,表达了对中华传统文化的追寻与无限思慕之情,心事浩渺,想象丰富,意境悠远。临别,余先生赠我《高楼对海》等四本新出的台湾版诗文集,字迹工整地签上大名。

次年十月,余光中在《金陵子弟江湖客》一文中回忆道:"回到了此岸,见后土如此多娇,年轻的一代如此可爱,正是久晴的秋日,石头城满城的金桂盛开,那样高贵的嗅觉飘扬在空中,该是乡愁最敏的捷径。想长江流域,从南京一直到武汉,从南大的校园一直到华中师大的桂子山,长风千里,吹不断这似无又有欲断且续的一阵阵秋魂桂魄"。

华师的师生们经常在校园吟诵《桂子山问月》,2016新年音乐会上,华中师范大学Tiankong合唱团演唱了由台湾"中山大学"音乐系教授李思娴谱曲的《桂子山问月》。余光中先生在海峡那头通过视频遥祝华师师生元旦愉快。

掉头一去是风吹黑发,
回首再来已雪满白头
一百六十里这海峡,
为何渡了近半个世纪才到家?

这是余光中《浪子回头》诗中的诗句。再见余光中是2003年,余光中离开福建永春老家已近七十年。2003年福建省文联、《台港文学选刊》杂志社主办第二届海峡诗会以及"余光中原乡行"活动。我和黄曼君教授受邀参加这届诗会与原乡行之旅,从9月10日至21日,全程陪同余光中夫妇,由福州、武夷山、厦门、泉州到达余光中阔别近七十年的祖籍地永春县老家省亲谒祖。一路说诗论文,山水相伴,度过了难忘而有意义的十天。9月11日中秋之夜,在福州城东鼓山顶上举办赏月盛会,拉开了这次寻根圆梦之旅的序幕,朗诵或演唱的都是余先生历年所写的咏月之作。余光中动情地说,今年中秋,他在福州鼓岭看到了一生中最圆的一轮满月。他说:"以前在海峡那边,觉得大陆很远,今天在此看月,见明月并无分别,又觉得很近;上山来,高处不胜寒,衣服就穿多了,但有这么多朋友共赏明月,又觉得温暖。"接着在福州举办了余光中诗歌研讨会,我在会上作了《乡愁母题,诗美建构及超越》的发言,还背诵了余老的诗《今生今世》。随后几天,余先生在武夷山南平师专、永春县大礼堂与泉州华侨大学做了三场演讲,场场听众爆满,气氛热烈。满头华发、清瘦儒雅的他演讲都是站着,时而还穿插诗歌朗诵,不时有学生跟随齐诵。他中气十足,讲述流畅,我以为有三大特点:一是知识渊博、学贯中西,二是激情饱满,有感召力,三是风趣幽默,雅俗共生,深得听众的欢迎。

这次寻根谒祖的高潮是回到永春桃城镇洋上村祭祖那激动人心的一幕:

"上午车队迤逦,由县城向北出发,去洋上村的余氏祠堂祭祖。……村人全都拥来户外,或沿路欢迎,或倚楼张望,或紧随在身后,热闹有如过节",或敲锣打鼓,或舞龙舞狮。在祖祠"凌乾堂",面对着列祖列宗的一排排牌位祭奠祖先,余光中虔诚地诵读亲笔所写的祭文:"……裔孙久旅他乡,思祖勿忘,万里跋涉,特归梓桑,谒祖省亲……"

由于当时亲历现场,回忆起来历历在目,一

位作家回故乡谒祖寻根，场面如此盛大热烈，这是我平生从未见到的。我想这是因为一位台湾诗人离家七十年而回乡省亲认祖的拳拳深情，也因为他写了家喻户晓的乡愁诗。而更深层的内涵是他在寻找中华民族的血脉，深厚的炎黄之根的文化认同，心系大陆的中国情结。我突然领悟：原来他的诗是这块母亲的土地所孕育，其根就在这普通山村的泥土里。

余光中说："读了一辈子外文，最后还是觉得中文最伟大、最美丽、最辉煌。"台港文学是一门新兴的课程，我一直在思考筹划，编写一本适合本科生用的教材。2006年，我与朱文斌博士谋划编写《台港澳暨海外华文文学教程》，次年教材修改定稿以后，我想请一位台湾名家写序，很自然就想到余光中先生。开始我有些犹豫，担心余老年事已高，他老人家79岁了，请他写序，审阅书稿，会不会答应？况且未见过先生为教材作序。我通过当时在台湾佛光大学任教的黄维樑先生先行探问，没想到余先生欣然答应，我由衷感激。那时余先生不上网，也不用电脑。我随即寄去教材大纲目录与部分章节文稿复印件，约一个多月，他通过传真，传来手写的序言《根深叶茂的华文文学》，字迹秀丽端庄，遒劲有力，约两千二百余字。这份手写稿我一直珍藏着，今天又把这手稿找出，一共八张稿纸写成，上面改动的符号清晰可见。此教材2007年由华中师范大学出版社出版，多次重印，为国内数十所高校采用。余光中先生在序言中写道："近年'华文文学'一词及其意含的观念，一经有识之士提出，渐在文坛、学府引起注意，无论是个别作家或现象的评述，或是集体学会之成立与研讨会之举行，都渐次展开，波及全球的华文世界。华文文学能否终成'显学'，尚待有心人及有分量的学者继续努力，但是华中师范大学出版社即将出版的这本《台港澳暨海外华文文学教程》在目前及时问世，当有里程碑的意义。"他还说："江少川、朱文斌主编的这本《台港澳暨海外华文文学教程》，横则为华文文学在世界地理上的分布图，纵则为当代华文文学的发展史，对整个中国文学史的意义十分重大。"谈到华文世界的未来，他语重心长："本书要说的故事，正是无数敏感的中华心灵在华山夏水的边缘如何寻找自我，为自我定位，为民族反省，为华文的世界开拓出更宽阔、更生动的空间。"他的话是提携与支持，是鼓励与鞭策，为这本教材增加了光彩与亮色，对推动这门新学科的发展具有重要意义。此教材华师出版社正准备修订再版，余先生却走了，今天抚摸这发黄的稿纸，不禁泪盈双目，十年了，弹指一挥间，文还在而人已去，余先生的序已成绝唱。黄维樑先生称余光中为"璀璨的五彩笔"，用紫色笔来写诗，用金色笔来写散文，用黑色笔来写评论，用蓝色笔来翻译，称他为"火浴的凤凰"。如今凤凰已飞上九天云霞，而我从天上听到了乡愁诗传来：

乡愁，从天上传来
——悼念余光中

寒冬，忽地从天上传来那熟悉的《乡愁》，
泪湿了，海岛的棕榈椰林，
叶落了，大陆的银杏古柳，
《乡愁》是诗人的墓志铭，
重压在世纪中国的心头，
三十六岁那年写下的《当我死时》：
"我便坦然睡去，睡整张大陆"，
你想听的安魂曲安魂了吗？
那浅浅的海峡，还是一道裂沟，
我在这头，大陆在那头。
乡愁诗咏唱了半个世纪，
欲唱未休，欲吟不休，乡愁更愁，
战国春秋，一江南北，海峡浪稠，
你走了吗？乡愁走了吗？
你依然穿着那最爱的紫红衬衣，
在天上凝望旋转的地球，
那一页海棠，那昂立的雄鸡，
是否是你诗中完整的地图与金瓯？
乡愁是诗魂，诗魂是乡愁，
你双眸遗恨，一步一回头，
那乡愁诗你带到天上去续写，
不仅是浅浅的海峡，
你在云头，故国在地头，
海天之间隔着迷茫的宇宙。

(诗稿2017年12月16日写于武昌桂子山)

永远的乡愁，伟大的灵魂
——悼念著名诗人余光中先生

□邹惟山 屈伶莹

2017年12月14日，在一个平常的冬日，那个以诉说乡愁而闻名中外的诗人余光中先生，永远地离开了我们。这是一个令人悲痛的时刻，不仅是因为他的诗名，也不仅是因为他的文名，而是因为他的诗歌作品标志着一个时代，并且表达了一个国家全体国民的思想与情感，这就是"东方式"的爱国主义。不仅如此，他的诗歌是当代中国文学宝库中最具有闪光品质的部分，他的散文也是当代中国不可多得的精品，不用说他卓越的文学批评，更不用说他孤标独秀的文学翻译。

然而，余光中先生一生中的许多时光，却是痛苦的与悲惨的，虽然他也有风光与荣耀的时候。童年的时光与少年的时光，他基本上是在灰色暗淡与流离飘泊中度过的。在国难之时的仓皇逃荒到战争年代的漂泊孤岛，从温软的江南水乡到雾罩的山城重庆，从孤独的台湾宝岛到美国寒冷的爱荷华，从祖国的海岛这头到祖国的大陆那头，诗人的一生就像他笔下那一株飘摇的蒲公英，那一片孤独而游走的云朵，似乎永远也没有宁静的时候。他总是思念着自己的故土，他总是渴望着踩到那一块切实的土地。穷愁出诗人，是中国古代文论中重要的诗学观点之一，而余光中先生那一系列诗篇，正是产生于他自我的生活、自己的时代、自己的经历、自己的生命体验。余光中先生的诗之所以读来感人至深，一代一代的中国读者都被他的诗篇所动情与动容，绝对不是无缘无故的，没有诗人在这个不断变动的大时代里的人生起伏和丰富多彩的情感生活，就不会产生这样的诗作。所以，余光中的诗文是个人才情的凝聚，也是时代生活的反映，更是中国文化传统的延续。

乡愁与爱国，就是重要的文化传统之一。如果我们读诗人一些重要的诗歌作品，就会发现乡愁是他笔下永恒不变的主题。他总是在寻找自己的过去与未来，在飘荡不安的旅程中寻找自己的根系。他青葱少年之时便离家流浪，满头银丝之际却只能隔海遥望。写于诗人四十岁时候的名诗《乡愁》，承载了诗人二十多年的思乡之情。从本质上来说，诗中的意象和情感，并不是来自于幻想，而是切实存在的诗人自我生命不同时光的经历。诗人通过对生活的感悟和体验，在一种感性十足的表达下，给读者以一种最为真实、最为真切的的感受。诗人以四段时光（小时候、长大后、后来、现在）、四个意象（邮票、船票、坟墓、海峡）、四个角色（我、新娘、母亲、祖国），将一些平易近人的词语，幻化成了让中华儿女潸然泪下的情感回响。这首诗之所以成为千古名篇，不仅是因为诗人的博大情感与独立自我，也是因为其高超的诗艺表达。短短的句子、简要的词语、单个的意象、长短不齐的排列，就把自己所感知的时代乡愁，丰富而完整地表现出来了。由于中国地域辽阔，南北之遥与东西之远几乎相等，在交通不便的古代，在交通已经大大改善的今天，乡愁都是不可绕开的话题。中国传统文学的重要主题，如此地沉重与深厚，在李白、杜甫的诗中存在着，也在高适、苏东坡的诗中产生。余光中只不过是中华文学传统的一种延续而已，不过是一种了不起与很难比的延续与创造。

当然，余光中先生还有更为博大的情怀，这就是超越时空、远达整个民族与世界的"爱国主义"。他的童年是在温润的江南水乡度过的，十岁之前，他在常州乡村度过了快乐单纯的童年时光。国难当头，战争的枪响打破了乡村平静的时光，余先生随母亲仓皇出逃，从昆明辗转进川，在巴山蜀水的深处，度过了中学的时光。余光中先生总说自己是江南人，也是四川人，会说地道的吴侬软语，也会流利的巴蜀川音。但江南和四川，到底哪个才是自己的故土，才是自己的归处？这是一位诗人在自己的一生中不断思考与探讨的问题。诗人的第一故乡，当然是自己的出生地。"那是大一的暑假，随母亲回她的故乡武进，铁轨无尽，伸入江南温柔的水乡，柳丝弄晴轻轻地抚着麦浪。"（余光中：《记忆像铁轨一样长》）常州的绿柳和暖阳，故乡的水草丰茂，都是诗人心中最柔软、最温暖的存在。江南的妩媚和柔美，充盈了诗中的艺术感性。然而日本所发动的侵略战争，让成千上万的中国人从东到西，来到了四川，生活于重庆这座世界上少有的山城。于是四川成为了他一生中的第二个故乡。抗战胜利之后，为了看到外面的世界，诗人选择了金陵大学外文系，于是再次以求学的方式回到了熟悉的江南，于是这里成为了诗人的第三个故乡。正是在这里，诗人开始了自己的诗歌创作。"一个秋晴的黄昏，一少年坐在敞向紫金山的窗口，写下第一首诗。那时候他没料到，这一生他注定要写很多作品，更不会料到，他未来的读者，不在大陆，却在海外。他注定要做南方的诗人，他的诗，要在亚热带的风雨里成长。"（《余光中诗选·自序》）他不仅在这里写下了自己的第一首诗，也出版了自己的第一本诗集。然而再一次战争的爆发，让他又有了他的第四个故乡——台湾。他不得不又一次开始了他的流浪，从南京到厦门，最后终于流浪到了孤岛。他在这里的诗歌创作，不只是被亚热带的季风影响，而更有了更加开阔的视野与更加深厚的时代色彩，国家与民族的前途、人类与世界的命运，都在其诗歌中得到了全面的反映。他的诗歌中不再只是南方，而更多的是每一个浪子心中都有而笔下所无的辽阔的故乡。乡愁本是一个重要的主题，然而余光中的绝大多数作品将此与国家、民族、世界、人类相联系，写出了更加博大深厚的情怀与独立深刻的思想。长江、黄河、黄山、长城这一类意象出现在他的作品里，汉唐、宋明时代的人物形象与风物也出现在他的作品中，并且让诗人一再地痛苦与悲伤。所以，我们说他的诗超越了一般的乡愁，而进入到了一种文化与哲学的层面。的确，他不仅是一位杰出的诗人，同时也是一位哲人。

有两位女性对他的人生与创作产生了重大影响，这就是他的母亲与妻子。在台湾，他遇见了他一生的爱人——范我存。他们谈论诗歌、音乐、绘画和故乡。他曾说，"大陆是母亲，台湾是妻子。"大陆给予了他童年的温暖，而台湾给了他青年的痴狂。范我存带着一种江南女子的娴静进入了他的生活。她坐着那摇晃的小船，飘飘荡荡，终于来到了他的身边。后来余光中赴美进修和在海外讲学，虽然与妻子分隔两地，却感情深厚，所以在其诗《乡愁》中，乡愁从邮票变成了船票，一张小小的船票，寄托着诗人对新娘的爱与思念。余光中的许多作品中都有其妻子的影子，并不只是在爱情诗《等你，在雨中》、《白玉苦瓜》这样的作品中。所以，余光中之所以成为当代中国的大诗人，时代与战争因素起了很重要的作用，而其家庭生活特别是妻子对于他的爱与护，也是重要的因素之一。母亲，是余光中乡愁的起点，也是生命中一种最重要的存在。童年时，母亲独自一人带着他逃难，跑遍万水千山；长大后，母亲总是站在家门前向远游的孩子告别。母亲是伟大的、温柔的、静默的、坚毅的、慈祥的、勤劳的，也是脆弱的、苍老的，抵挡不过时间的侵袭。诗人在成长，母亲在老去，终于在某个平常的夏日永远地离去。所以在诗人的作品里，母亲成为了一个特别亲切的意象，并且上升到国家与民族的高度，有时候让我们不易分别。这个时候，乡愁不再只是一张小小的邮票，一张薄薄的船票，而是只能缅怀的坟墓。母亲和故乡，在记忆里并未消散死掉，而是变成了带着情感的语言，在诗歌中不断地被描摹，被深爱。乡愁是母亲，母亲便是故乡。母亲离开了，但乡愁却永远不会消散,永远存留于人们的记忆之中。

让人们传唱的作品,不只是那一首小诗《乡愁》,还有更为丰富多彩的《民歌》:"传说北方有一首民歌 / 只有黄河的肺活量能歌唱 / 从青海到黄海 / 风也听见 / 沙也听见 // 如果黄河冻成了冰河 / 还有长江最最母性的鼻音 / 从高原到平原 / 鱼也听见 / 龙也听见 // 如果长江冻成了冰河 / 还有我,还有我的红海在呼啸 / 从早潮到晚潮 / 醒也听见 / 梦也听见 // 有一天我的血也结冰 / 还有你的血他的血在合唱 / 从 A 型到 O 型 / 哭也听见 / 笑也听见"。从长江到黄河,从南方到北方,从高山到平原,从 A 型到 O 型,每一片土地上的每一个中华儿女都能听见,听见祖国的呼唤,听见共同的渴望。诗人不再局限于自己的居所,乡愁跨越了时空的界限,成为了民族共同的思念。大陆是故乡,台湾也是故乡,祖国就是所有中华儿女的故乡。诗人也曾寻找,寻找自己到底属于何方,长期的漂泊和不断的变迁,让诗人丢失了方向,却在无数次的变迁和体味之后明白了自己的根系。这个根系不是具体的地方,而是真实的血脉,无论 A 型还是 O 型,只要身在何处,何处就是诗人的故乡。诗人在这里对于中华民族感情的表达是感人至深的。

曾经有一个青年,在密歇根的冰寒中向西遥望故土的黎明;曾经有一个老人,在西子湾的夕阳下,守着对岸亮灯的灯塔。现在,他终于以特殊的方式返回了自己的故乡。"当我死时,葬我,在长江与黄河之间 / 枕我的头颅,白发盖着黑土。/ 在中国,最美最母亲的国度。/ 我便坦然睡去,睡整张大陆。/ 听两侧,安魂曲起自长江,黄河。/ 两管永生的音乐,滔滔,朝东。/ 这是最纵容最宽阔的床。"(余光中:《当我死时》)离去只是肉体的消逝,归来却是精神的永存。今天,余光中先生离开了我们,然而他的精神却是不会离开的,他的品质却是不会消失的。只要他的作品还存在,他的生命就会存在,他的灵魂就会存在,他将永远与我们在一起。我们虽然没有机会能够与他同甘苦、共患难,我们也没有机会与他请教与对话,然而只要我们能够阅读他那些精美无限的作品,我们也就与他发生了共鸣、产生了同境,我们的人生也会充满一种特别的诗情与画意!他的几乎所有的作品,都足以让我们品味一生,借鉴一世![Z]

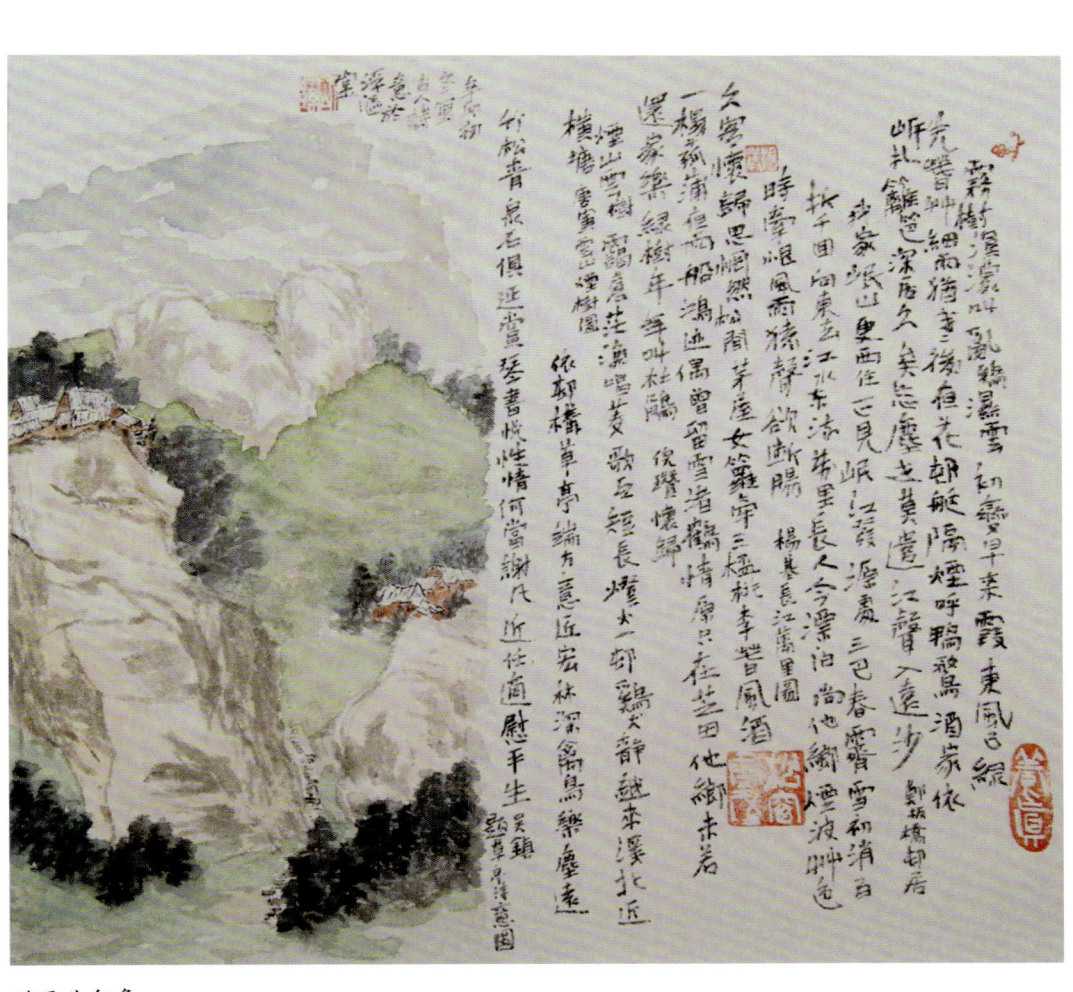

川西北印象

白云青霭

樵唱何处

纸本 团扇

水泽

江岸雪霁图 　　　　　　　　霜天晓角

幽居 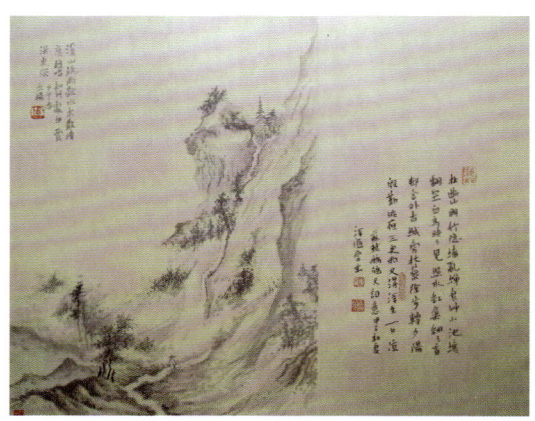　　　　　　　　　　　溪山疏雨

清凉赋 　　　　　　　　　　江岸夜雨

江山图

古道山庄

松香花气　　　　　　　　　春融　　　　　　　　　　春风和煦

溪山觅静

细雨深山

看图王

金沙江岸小景

雨过山庄

滇康山水回忆

雨洗千山

山林写意

尖峰岭天池一角

倚仗听江声

滇康古道

縱作晴明無雨
色入雲深亦濕衣
甲午春立楊

深山小景

澄怀观道

禅意袭来

一

钟声透明时
槿树叶红得浓酽
我把秋意
当作惜别语言
一朵宇宙小花
开在寂寥的心间

二

深壑对面
有箫音断续
如微风之袅袅
寒蜩正鸣时
零星的露水
已打湿了草梢

三

深秋夜里
星光别有一番幽妙
心中的醉歌
像烟霞缭绕
漂流在石上的碎响
像玻璃裂纹般轻爆

向诗意致敬
——故缘夜话八十弹

◆ 李亚飞

"慈母家中等,盼得游子归"。今天是12月20日,十八年前的今天,在外漂泊四百多年的澳门重归祖国母亲的怀抱,新闻媒体也在今天适时发表了很多关于澳门回归的追忆。在举国欢腾的时刻,我们的编辑会也在卓尔书店如期召开。

邹建军背着厚重的双肩包来到"故缘",我们打趣道:"邹老师,您这又是风尘仆仆地出差归来么?"

"没有,背包里都是书。我最近比较忙,忙着给学生讲课,还有一些学术讲座,我有个习惯,就是不讲重复的课题,所以每次讲座都需要我重新查阅资料,准备讲课稿件。"邹建军边说边快步走到会议桌旁,从书包里掏出《外国文学史》、《中国当代文学史》等书。

"那您学术研究任务繁重,还要兼顾《中国诗歌》编委工作,也很辛苦。"一编辑道。

"累是有一点儿,不过做自己喜欢做的事情就好。"邹建军微微抬头,做着读书笔记,云淡风轻地回答道。

"最近阎志也是大动作频频啊,长江青年城的建设对于大学生来说是一大利好!"谢克强说道。

"还有更大的事情呢,首架'武汉造'卓尔领航者飞机飞上蓝天呐!"车延高接着话茬说道。

"你关心天上,我关心地下。"谢克强笑着调侃道。

诗人的情怀

说话间,阎志推门而入。一落座,谢老师便焦急地问道:"张凯找到了么?"

"历时17天终于找到了。我当时看到这个消息后,很震惊,立马跟县委领导打电话,需要帮助的话,让他们随时跟我联系。"尔后,阎志便讲起了罗田籍诗人张凯走失的事情原委。

"张凯是我以前的中学语文老师,虽然没有教过我,但也算我走上诗歌道路的启蒙老师。他非常有才华,只可惜现在变成了这样,现在人找到了就好。我跟县里领导请求，一定安排好他的后续生活，并将他的作品整理出来，有任何要求都可以来找我。"阎志惋惜地说道。

"这说明阎志是有大爱的。诗歌不仅给我们带来精神财富，还可以让人有悲悯之心。"车延高看着大家说。

张凯，罗田籍诗人，上个世纪八十年代在《诗刊》、《长江文艺》、《芳草》等杂志上发表了大量乡土诗，在湖北还算是有点影响的诗人。

本卷相关

"刚听说屠岸先生逝世了，他作为我们的编委，我们应该给予他足够的尊重和敬意，我建议十二卷的《中国诗歌》做个纪念特辑，余光中先生作为诗坛前辈，也要为他做个纪念特辑，只是本卷内容稍显沉重。"阎志翻看样书说道。

"我同意阎志的意见，虽然最后一卷是民刊诗选，如今要插入两个纪念特辑，版面要压缩了，但还是要拿出我们对待诗人应有的态度。"车延高说道。

"关于武汉诗歌节，我们在这一卷里叙述的篇幅不要冗长，但是也要表现出来。"阎志紧接着提出了意见。

"那加个插页如何？因为本卷内容实在是很多，页码可能不够了。"一编辑说道。

"这个提议很好，加个彩色插页，将诗歌节的活动以图片形式呈现在读者面前。"谢克强兴奋地回复。

"那就采纳此意见，加个彩插。"阎志同意地点点头。

"那我们分工，邹建军负责悼念余光中特辑内容的编排，亚飞你负责武汉诗歌节的内容，朱妍和熊曼负责稿件的删减……"谢老师逐个布置了工作任务。

"看，谢老师一谈到诗歌工作，整个人都焕发生机啊！"车延高打趣道。

"老骥伏枥，志在千里。诗歌让人内心充满活力啊！"阎志笑着附和。

诗意江城

11月30日，随着外国诗人面对面活动的成功举行和新发现诗歌营的青年诗人江城文化采风活动的结束，第三届武汉诗歌节暨香港国际诗歌之夜（武汉站）在江城完美谢幕。

"这次武汉诗歌节确实不错，和香港国际诗歌之夜联合举办，标志着进一步拓宽了国际文化视野啊！"谢克强谈论起了前不久的武汉诗歌节。

"我觉得晚会内容很丰富，场景布置得很漂亮，好多读者前来咨询是否可以参加呢！"一编辑笑盈盈地说道。

"武汉诗歌节已经是第三届了，连续性地举办下去，就会成为新的文化地标。"车延高如是说。

一句句由各国语言吟诵出来的美妙诗句，一曲曲赏心悦目的曼妙歌舞，一场场生动深邃的国际化诗歌文化对谈，为江城留下了绵绵诗意。

茶水续过一遍，在清香扑鼻的茗茶中，本次编辑会也渐近尾声。那就让我们期待着明年的诗歌节更加富有创新性的活动策划，为读者朋友们带来不一样的感动！